SPICA
VERLAGS- & VERTRIEBS GMBH

1. Auflage, 2014

Für den Inhalt des Werkes zeichnet die Autorin verantwortlich.
Satz: SPICA Verlags- & Vertriebs GmbH
Coverabbildungen: natashaman35 - fotolia.com
Daorson - fotolia.com

Printed in Europe

ISBN 978-3-943168-53-2

Johanna Ritter

Teezeit am Meer

www.spica-verlag.de

~

In Erinnerung
an alle Großeltern dieser Welt,
die ihren Enkeln ein Stück Nostalgie
mit auf den Weg geben.

~

Ein Wort zuvor

Es gibt auf der Welt unzählige Menschen. Menschen verschiedener Nationalitäten, Religionen und Hautfarben. Menschen, wie sie unterschiedlicher nicht sein könnten. Doch eines ist ihnen gemein. Sie haben Geschichten. Geschichten, die selbst erlebt wurden, oder sie wurden erzählt. Manches Mal sogar über Generationen hinweg, bis in das Heute hinein. Geschichten sind etwas Wunderbares, unglücklicherweise geraten sie nur allzu leicht in Vergessenheit. Doch die kleinen und die großen Geschichten dieser Welt können weiterleben.

Darum kann ich Sie, liebe Leser, nur allzeit ermutigen:
Erzählen Sie IHRE Geschichte weiter!

Die Teerunde

Noch einige Schritte, dann habe ich es geschafft. Vielleicht bin ich heute zu spät. Ich bin doch langsamer geworden und vergesslicher auch. Aber vielleicht merkt es ja niemand.

Mit diesen Gedanken schlurft Hilde weiter, heute 77 Jahre geworden, warm eingepackt in ihren schönsten Wintermantel, Loden mit Holzknöpfen. So etwas tragen die jungen Leute wohl heute nicht mehr. Ihre kinnlangen, silbergrauen Haare luken unter der Kapuze hervor und heben sich perfekt ab gegen den leuchtend roten Lippenstift, welchen sie heute aufgetragen hat. Der Lippenstift darf heute, an ihrem Ehrentag, auf keinen Fall fehlen, denn ohne ihn ist Hilde nur ein halber Mensch. In diesem kuscheligen, grünen Lodenmantel tapert sie die Promenade entlang, immer einen Blick auf das weite, flache Meer. So schleppt sie sich schließlich den etwas ansteigenden Weg zum Teehäuschen hinauf. Dort warten sie wahrscheinlich bereits, ihre Gäste.

Was für eine Freude, mit den besten und ehrlichsten Menschen, die ich jemals kennengelernt habe, diesen Tag zu verbringen!

Es sind Helga, Lotte und Hinnerk. Helga, die Jüngste im Bunde mit ihren 70 Jahren, immer ordentlich zurechtgemacht, festsitzender Dutt, adrette Bluse, hochgeschlossen, meist Rüschen mit Goldknöpfen. Dafür hat sie ein absolutes Faible.

Lotte, eigentlich heißt sie Lieselotte, das hört sie jedoch nicht gerne. Daher wird sie in dieser Runde lediglich Lotte genannt. Trotz ihrer 75 Jahre ständig auf der Suche nach der perfekten Frisur und der perfekten Haarfarbe. Zurzeit umschließt eine korallenfarbene, streichholzkurze Frisur ihren Kopf, was nett anzusehen ist. Lotte stets »locker vom Hocker« und oftmals noch in Jeans gekleidet sowie des Öfteren in Turnschuhen, man glaubt es kaum. Der Dritte im Bunde der zu erwartenden Gäste ist Hinnerk, welcher vielleicht die 80 schon überschritten hat, niemand kennt sein genaues Alter und er besteht auch darauf, dass dies so bleibt. Hinnerk ist ein stattlicher, gut aussehender Mann, jeden Tag ganz in Seemannskluft gekleidet. Aber er ist sicherlich noch nicht da, wird wahrscheinlich wieder eine Ausrede erfinden, weshalb er später kommt. Denn niemand soll merken, dass er öfter einmal vergisst, zu welcher Stunde die wöchentliche Verabredung mit den Damen für gewöhnlich stattfindet.

So, nun nur noch zwei Schritte, dann hat Hilde die Tür erreicht. Ob jemand wohl so nett sein wird, ihr die Tür zu öffnen? So eingemummelt in den Mantel, in der einen Hand noch den Regenschirm, in der anderen die lederne Handtasche, wird es wieder schwer, die Tür aufzudrücken, ohne nass zu werden. Nein, niemand hilft ihr. Warme Luft prallt ihr entgegen. Der Kamin im Teestübchen ist angeheizt, das Feuer knistert einladend. Nun nur noch raus aus dem Mantel und den Regenschirm weggestellt.

Wo sitzen die drei denn bloß? Sollte womöglich noch keiner von ihnen da sein?

Der obligatorische Fensterplatz, den das Quartett seit nunmehr zehn Jahren wöchentlich montags um 15.00 Uhr belegt, ist leer. Gibt es denn das? Hilde nimmt Platz und wundert sich. Das kann ja schon einmal passieren, dass der Tag vergessen wird, aber dass alle drei nicht da sind, ist doch schon sehr merkwürdig. Oder sollte Hilde am falschen Tag gekommen sein? Ist denn heute überhaupt Montag und ist heute ihr Geburtstag? Eilig winkt sie die Bedienung heran und fragt nach, welcher Tag denn heute sei. Aber alles scheint richtig. Noch einmal schnell im Kalender nachgesehen, aber tatsächlich, fein säuberlich eingetragen steht dort: »Ich – Geburtstag«.

Gut, dann muss sie wohl noch ein wenig warten und sehen, ob noch jemand erscheint. Just in dem Moment geht die Tür auf und ihre traurigen Gedanken, ihren Geburtstag nun allein verbringen zu müssen, verschwinden. Da kommen sie! Als wäre es das Normalste der Welt, zu spät zu kommen, gratulieren die drei erst einmal aufs Wärmste und nur eine kurze Weile später sitzt das fidele Quartett zusammen an der gewohnten Stelle am Fenster mit Blick auf das Meer. Selbstverständlich wird nicht ein Ton darüber verloren, warum sie Hilde haben warten lassen, und Hilde selbst fragt auch nicht nach dem Grund. Man möchte ja niemanden brüskieren. So wird wie immer Tee zusammen getrunken und viel geplauscht und ab und an ein wenig geschwiegen. Wie es zu dieser Teerunde kam? Davon weiß Hilde uns noch gut zu erzählen, obwohl es schon eine lange Zeit her ist. Lassen wir uns überraschen!

Friesentee mit Kluntjes

Es muss vor ungefähr zehn Jahren gewesen sein, dass wir vier uns kennenlernten. Jeder von uns trank an einem schönen Wintertag im Teestübchen oben auf der Strandpromenade sein Kännchen Tee mit oder auch ohne Kluntjes. Da wir gerade dabei sind, wir wohnen alle an der See, auf einer schönen Insel, auf welcher sich Hase und Igel gute Nacht sagen, zur Herbst- und Winterzeit zumindest. Im Sommer ist sie jedes Jahr sehr belebt, aber wir »Einheimischen« kennen unsere Insel gut und wissen, wo wir Rückzugsorte vor den vielen Urlaubern und Tagesbesuchern finden. Strandpromenade, Dünen und Feuchtwiesen umschließen die Insel wie ein feiner Gürtel.

Unser Wahlteestübchen befindet sich direkt an der Strandpromenade. Es ist ein bescheidener, roter Klinkerbau, nicht zu groß und nicht zu klein.

Tritt man durch die einladende blauweiß gehaltene, hölzerne Haustür, findet man sich in einem Raum wieder, welcher nicht in dieses Jahrhundert zu passen scheint. Hier entdeckt man, wenn denn genug Zeit zum Stöbern und Umsehen ist, ein Sammelsurium an alten Teekannen und Teetassen, ob groß, ob klein. Nicht nur in Vitrinen stehen diese Exponate, nein, auch auf Regalen bis in die letzte Ecke des Raumes. Zwischen diesen vielen Regalen sind Bilder in alten Holzrahmen unterschiedlicher Farbe und Größe aufgehängt. Sie zeigen zumeist alte Fotografien von einem Inselleben aus längst vergangenen Tagen.

Doch das Schönste an unserem Teestübchen ist, und das kommt an vorderster Stelle, der Duft. Der unglaublich gute Duft nach gerade frisch aufgegossenem Tee und mit einem Streichholz angezündeten Kerzen. Ich liebe diesen Geruch! Da fühle ich mich sofort daheim.

An diesem Tag, von dem ich nun berichten möchte, war kaum Wellengang. Urlauber waren auch weit und breit nur vereinzelt zu sehen, was im Herbst eigentlich eine Seltenheit ist. Ruhig war es und die Musik im Teestübchen dudelte im Hintergrund. Ein guter Tag, um einfach einmal dazusitzen, aufs Meer zu blicken und eigenen Gedanken nachzuhängen. Da! Ein lautes Geräusch! Ein Stuhl fiel um, eine Frau lag am Boden. Ich sprang von der Eckbank auf, auf der ich mich gerade vor kurzer Zeit niedergelassen hatte und eilte zu der auf dem Boden liegenden älteren Dame. Das darf ich rückblickend eigentlich gar nicht sagen, denn schließlich war ich zu dem damaligen Zeitpunkt auch nicht mehr die Jüngste mit meinen 67 Jahren. Zwei weitere Teehausbesucher waren schneller als ich und so blieb mir nur übrig, dazustehen und meine Hilfe anzubieten. Der kräftige Seemann, welcher sofort zur Hilfe eilte, schickte sich an, der Dame vom Boden aufzuhelfen, und die danebenstehende Frau, die ebenfalls schnellstens herbeigeeilt war, rückte der zu Boden Gestürzten noch ihre Bluse zurecht, was in meinen Augen in diesem Moment vollkommen überflüssig war. Geistesgegenwärtig besorgte ich, wie man es aus Filmen kennt, ein Glas Wasser und bot es der zwischenzeitlich wieder zu Sinnen gekommenen Gestürzten an. Anschließend fächerte ich ihr noch mit meinem Halstuch Luft zu. Ganz langsam konnten wir drei sehen, wie wieder Farbe in das Gesicht der uns unbekannten Dame trat. Sicherheitshalber ließen wir sie an diesem Vormittag nicht mehr aus den Augen, sondern holten eilig unsere Teegläser und die Stövchen mit den dazugehörigen Teekannen herbei, um uns gemeinsam an ein und denselben Tisch zu setzen. Warum der Stuhl umkippte mit samt der Frau? Es handelte sich hierbei um einen sehr alten Stuhl und ich möchte die Wahrscheinlichkeit nicht außer Acht lassen, dass sich hier der ein oder andere Holzwurm mit Genuss am alten Holz zu schaffen gemacht hatte.

So lernten wir uns kennen und von diesem Tag an saß niemand mehr an seinem eigenen Tisch mit Blick über den Horizont, sondern nun genossen wir allwöchentlich die Aussicht gemeinsam, denn wir mussten feststellen, dass wir uns außerordentlich sympathisch waren. Wir, das sind Helga, die zu Boden stürzte, sowie die beiden Hilfsbereiten, Lieselotte und Hinnerk, und ich, die Hilde.

Starker Friesentee

»Trinkt Tee!« hat sie immer gesagt, unsere Hilde. Nun ist sie tot. Nun sagt sie nichts mehr.

30. November – Schmuddelwetter – alles grau in grau, windig. Wir stehen auf dem Inselfriedhof und die Zeit ist gekommen, zu der wir sie, unsere gute Freundin, zu Grabe tragen müssen. Wie kann das nur sein? Noch vor einer Woche haben wir ihren Geburtstag in dem Teestübchen gemütlich gefeiert und gescherzt und gemeinsam in vergangenen Jahren geschwelgt. Nun wird es nicht mehr so werden, wie es einmal war. Wir, die eingeschworene Gemeinschaft, die Teerunde. Was für ein Verlust! Nun sind wir nur noch zu dritt, Helga, Lotte und ich, der Hinnerk. Jetzt stehen wir hier im Wind und warten, bis es vorbei ist.

Was für ein großer Schmerz mich doch erfasst! Ich hätte damit rechnen müssen und mich innerlich besser vorbereiten, damit meine Trauer nicht so offensichtlich für jedermann ist. Das habe ich gar nicht gerne. Aber was soll's. Es gibt Schlimmeres.

Für einen Spaziergänger, der zufällig an der Kirchhofmauer vorbeikommt, mag es so aussehen, als hätten sich alle Insulaner heute auf dem Friedhof versammelt. Es müssen mehr als 200 Menschen gekommen sein. So hat sie es sich immer gewünscht. Alle sollen da sein, wenn sie ihren letzten Weg antritt. Alle, die ihr lieb und teuer gewesen sind. Aber weinen sollten wir nicht. Das war ein frommer Wunsch, welchen ihr heute hier niemand zu erfüllen vermag.

Taschentücher und Tränen überall. Hilde war beliebt. So ist es auch nicht verwunderlich, dass sie bereits vorgesorgt und ihre Trauerfeier, und ich nenne es ganz klar eine Feier, schon längst geplant hat. So hat sie denn bereits die Einladungskarten zur Beerdigung und anschließendem Beisammensein selbst geschrieben und die Umschläge beschriftet und bereits mit hübschen Briefmarken mit Leuchtturm beklebt. Für jeden Gast hat sie nette Worte gefunden und darum gebeten, doch, wenn es irgend ginge, zu ihrer Beerdigung zu kommen. Sie war nicht etwa krank, wie Sie jetzt denken mögen, nein, bis auf die kleinen Zipperlein, die ein jeder von uns im Alter sich eingestehen muss, war Hilde ein gesunder Mensch, soviel ich weiß. Es mag verrückt klingen, aber es hat sie beruhigt, schon vorzusorgen. Die Briefe lagen fein säuberlich aufgestapelt in einer Schublade in ihrem Schreibtisch. Ich weiß das, da sie es mir schon vor einem Jahr gezeigt hat, damit ich diese letzte Post für sie zur Absendung bringe. Erst war ich erschüttert über diese Voraussicht. Aber bei längerem Nachdenken fand ich es doch sehr schön, da es ihr die Ruhe gab, die ich an ihr so zu schätzen wusste. So kam es dazu, dass ich in der letzten Woche einen ganzen Korb voll Briefe für sie zur Post brachte und alles konnte seinen Lauf nehmen, wie sie es sich gewünscht hatte.

Gleich ist es geschafft. Gesang, nun noch die letzten Worte des Pastors, Hände schütteln mit der Familie. Viel Familie hatte Hilde nicht, sie pflegte zu sagen, dass wir drei, Helga, Lotte und ich, ihre Familie sind. Nur einige entfernte, mir unbekannte Verwandte hatten die Reise auf die Insel angetreten und, wie ich es annehme, das Traurige mit dem Guten verbunden und noch einige Urlaubstage mit eingeplant. Was hat der Pastor erzählt? Ich kann mich nicht erinnern. Zu sehr bin ich mit den Erinnerungen und mit dem

Briefumschlag beschäftigt, der in der Innentasche meiner Anzugjacke bereits eine wohlige Wärme angenommen haben muss. Dieser auf Büttenpapier geschriebene Brief mit einer noch immer gut leserlichen Schrift lag für mich auf ihrem kleinen Tischchen vor dem Fenster, an welchem sie vormittags so gerne saß. Von diesem Platz aus konnte sie die einfahrenden Fähren und frühmorgens die Kutter auf der See betrachten. Oft eine Tasse Tee in der Hand, je nach Tagesform mit oder ohne Zucker.

Sie pflegte zu sagen: »Ist der Tag grau und kalt, nehmt Zucker und trinkt ihn euch schön.« Das war wohl auch ihr Lebensmotto, wenn etwas nicht schön war, immer das Beste aus der jeweiligen Situation zu machen. Nun zurück zum Umschlag. Ich kann es kaum erwarten, dass die Zeit gekommen ist und ich ihn öffnen darf. Aber ein wenig muss ich mich noch gedulden. Erst an der langen Tafel des Beerdigungskaffees darf es sein, so ihre Anweisungen.

So steht es auf dem Umschlag: »Für Hinnerk! Bitte öffnen beim Beerdigungskaffee und vorlesen. Einen letzten lieben Dank, Deine Hilde.«

Es ist vorbei, es ist geschafft. Eine lange Beerdigungsgesellschaft, fast ausschließlich in schwarz gekleidet, schiebt sich durch die Straßen. Zu Fuß selbstverständlich. Ist ja eine autofreie Insel. Wir sind es ja auch gewohnt, zu Fuß zu gehen. Der Weg führt uns zur Inselkirche. Zur Kirche? Warum denn zur Kirche? Wo soll denn dort ein Kaffeetrinken stattfinden und wird es überhaupt ein Kaffeetrinken werden? Hilde mochte, wie ich genau weiß, keinen Kaffee! Zur Kirche also. Ja, so hat es sich die liebe Hilde gedacht. Der Pastor war gar nicht so angetan von dieser Idee, aber nach einem langen Gespräch und etlichen Tassen guten Tee konnte sie ihn schließlich davon überzeugen, dass dies ihr letzter Wille sei. Was blieb ihm dann anderes übrig, als einzulenken?

Wir gehen also in die Inselkirche. Es ist ein stattlicher Bau aus alter Zeit. Doch das Innere des Kirchenschiffs erinnert überhaupt nicht mehr an alte Zeiten. Hier hat ein moderner Stil mit schönem Holz Einzug gehalten. Auch sieht das Innere der Kirche eher nicht wie ein Gotteshaus aus. Im Mittelgang sind viele Tische aneinandergestellt und auch im hinteren Bereich des Innenraums gibt es nun eine lange Tafel. Hier finden wohl alle einen Sitzplatz. Sollten es doch mehr Menschen sein, als ich erwartet habe, sagte sie zu mir, dann sollen sie sich einfach in die Bankreihen setzen, das geht auch, da sitzt man gut.

Es ist festlich gedeckt. So wie sie es gern hatte. Kerzenleuchter sind aufgestellt. Für mich ist der Platz am Tischende gedacht, eingerahmt von Helga und Lotte. Eine zu meiner Rechten und die andere zu meiner Linken. Ich bin der Leser der letzten Worte. Jetzt sitzen alle. Überall noch Gemurmel. Ich warte wohl noch ein wenig.

Es ist so weit. Eine seltsame Stille macht sich breit und scheint das gesamte Kircheninnere einzunehmen. Nun stehe ich hier und es fällt mir nicht leicht. Mit zittriger Hand hole ich den Umschlag aus der Innentasche meines Anzugs hervor und entnehme diesem einen Brief. Alle Augen sind auf mich gerichtet. Niemand vermag auch nur einen Ton oder Huster von sich zu geben. Spannung liegt in der Luft. Ich falte den Bogen auseinander. Das Papier knistert ein wenig und ich beginne zu lesen:

Meine Lieben, meine treuen Weggefährten!

Wenn der liebe Hinnerk nun vor Euch steht, dann bin ich nicht mehr bei Euch, jedenfalls könnt ihr mich nicht sehen, vielleicht bin ich ja doch da und sehe Euch zu, wer weiß das schon. Wir wollen einmal das Beste hoffen.

Seid nicht traurig. Feiert diesen Tag. Ich bin alt geworden, ich hatte ein wirklich schönes und erfülltes Leben. Ihr alle, jeder auf seine Weise, ist eine Bereicherung für mein Leben gewesen. Dafür möchte ich Euch ganz herzlich danken. Behaltet mich in Erinnerung und versucht ein wenig mein Lebensmotto weiterzuleben. Nutzet jeden Tag, egal, wie er auch sein mag. Jeder Tag ist ein Geschenk Gottes. Ich weiß, wovon ich spreche. Niemals, und damit meine ich auch niemals, habe ich auch nur einer einzigen Person, die sich hier heute befindet, davon berichtet, was ich in Kindheitstagen erleben sollte. Nun denke ich, ist der richtige Zeitpunkt gekommen, um auch diese Erzählung auf ihre Reise zu schicken. Vielleicht bin ich nur durch dieses Erlebnis so geworden, wie ihr mich kanntet, so, wie ich eben war. Manchmal ein wenig halsstarrig, oftmals innerlich unruhig, was ich jedoch niemanden wissen ließ, nicht immer davon überzeugt, die richtige Entscheidung zu treffen. Woher soll man denn auch wissen, was das Richtige ist? Ist es nicht immer wieder ein Lottospiel? Auf welches Pferd setze ich? Welchen Weg schlage ich ein? Es tun sich oftmals so viele verschiedene Wege auf und wir müssen einfach darauf hoffen, dass wir auf dem richtigen Pfad sind.

So war es auch im Jahre 1945. Ich möchte gar keine lange, erschütternde Geschichte daraus machen. Ihr mögt es wohl angenommen haben, dass ich keine gebürtige Insulanerin war. Aus Pommern komme ich, heißt ja heute nicht mehr so, aber für mich ist und bleibt es eben mein Pommern. Schön war es da, eine schöne Kindheit. Ich sag nur Weihnachten, geräucherte Gänsebrust. Aber das ist jetzt nicht die richtige Zeit, davon zu sprechen.

Es war also das Jahr 1945. Wir, das sind meine Mutter, meine Oma und ich, waren wie so viele Tausende andere Flüchtlinge mit so gut wie keinen Habseligkeiten Teil eines Flüchtlingstracks. Vollkommen abgeschlafft und hungrig hatten wir es in den letzten Kriegstagen bis nach Stolpmünde geschafft. Von dort aus wollten oder sollten wir, das habe ich als Kind nicht so verstanden, auf ein großes Schiff, welches uns nach Dänemark bringen konnte. Von dort aus sollte es noch weitergehen, bis wir einen neuen Heimatort zugewiesen bekommen würden. Es war ein großes Durcheinander dort am Hafen. Tausende von Menschen waren schon dort und wollten auf dieses eine große Schiff. Ich konnte als Kind nur sehen, dass dieser Ozeanriese schon über und über Menschen aufgenommen hatte und ich fragte mich, wie wir denn dort noch raufpassen sollten. So kam es dann, dass wir nicht mehr mitkamen. Meine Mutter und auch meine Oma waren sehr erschüttert, da wir zu dem Zeitpunkt nicht wussten, was mit uns geschehen würde und ob uns nun unser letztes Stündchen geschlagen hatte.

Alles kam anders. Ein kleineres Schiff nahm ebenfalls Passagiere auf. Es war nicht klein. Ich fand es sehr groß, aber jedoch nicht so gewaltig wie das bereits in See stechende Schiff. Muss wohl ein Kreuzfahrtschiff gewesen sein. Jedenfalls waren wir schließlich drauf auf dem Kahn. Es ging los. Die Reise in die Ungewissheit hatte begonnen.

Stunden später auf hoher See. Schreie, die die schwarze Nacht zerfetzten. In unendlicher Entfernung, aber doch so nah. Das große Schiff, beladen mit sehr vielen Menschen, war angegriffen worden. Torpediert. Es ging unter. Von weiter Entfernung konnten wir es sehen. Noch heute bekomme ich eine Gänsehaut und sage mir immer wieder: Was wäre gewesen wenn …, aber ich mag diesen Gedanken auch heute noch nicht zu Ende denken.

Wir kamen wohlbehalten in dem Land an, welches ich nicht kannte und in welchem sich die Sprache sehr merkwürdig anhörte. Einige Monate, viele zurückgelegte Kilometer per Zug, zu Fuß und wieder per Schiff später, wurde uns dann ein Zimmer hier auf der Insel zugewiesen. Was für ein unendliches Glück! Dem Herrgott sei Dank, hörte ich immer und immer wieder meine Mutter sagen. Auch ich, damals ja noch ein Kind – zehn Jahre –, bin dankbar und werde diesen Tag niemals vergessen. Wir hatten einen Schutzengel. Mag es ein Engel gewesen sein oder Gott oder wie jeder es gerne nennen mag. Eine höhere Macht hat ihre Hand über uns gehalten und uns behütet. Unser Leben ist uns neu geschenkt worden. In dem Moment damals, ja, so ist es gewesen, da habe ich beschlossen, das Beste und auch nur das Beste aus diesem Geschenk zu machen. Also seid nicht traurig, sondern nutzet jeden Tag, denn ihr wisst niemals, was der nächste bringen mag.

So, und nun esst und trinkt und seid fröhlich. Ich hab Suppe bestellt, die wird lecker und stärkend sein. Tee gibt's natürlich auch und auf meinen besonderen Wunsch hin extra stark und auch mit Rum, obwohl das in diesen geheiligten Hallen nicht üblich ist.

Bevor ich es vergesse, Hinnerk: Der Pastor hat noch etwas für mich in Verwahrung genommen. Bitte sprich ihn an und er wird Dir das Päckchen geben. Es ist für Dich, Lotte und Helga bestimmt. Es ist mein kleines Geheimnis, wovon ich Euch dreien nie erzählt habe. Klammheimlich habe ich Eure und auch meine Geschichten und auch schöne gemeinsame Erlebnisse zu Papier gebracht. Setzt Euch bei einer starken Tasse Friesentee zusammen und lest sie, meine Geschichten. Lest sie und wenn ihr wollt, gebt sie weiter, bringt sie in die Welt, damit ich mit meiner guten alten Zeit nicht in Vergessenheit gerate.

Für immer Eure Hilde

Der Tag danach

Ich kann nicht die Zukunft voraussehen. Aber wenn ich mir vorstelle, dass ich nun nicht mehr unter den Lebenden weile, meine Trauerfeier beendet ist, alle Gäste bereits gegangen oder abgereist sind, dann bin ich mir ziemlich sicher, dass sich Lotte, Helga und Hinnerk am folgenden Tag zu einer hoffentlich starken Tasse Friesentee treffen werden. Gerne dürfen sie auch einen Schuss Rum dazu nehmen. Den haben sie sich nach dem Schrecken über mein Ableben, die Anstrengungen der letzten Tage und die sehr wahrscheinlich immer noch präsente Trauer verdient. Ich nehme es einfach einmal an, dass es so kommen wird. Wenn ich mir noch einmal etwas wünschen könnte, dann wäre es eben dies.

Mit einem weinenden und einem lachenden Auge stelle ich mir vor, wie sie in unserem kleinen Teestübchen sitzen, an unserem Stammplatz versteht sich, mit diesem unverwechselbaren Blick auf mein geliebtes Meer. Vielleicht haben sie sich noch einmal wieder feierlich angezogen, vielleicht aber auch nicht. Ich habe, glaube ich, vor einiger Zeit einmal durchblicken lassen, dass sich wegen mir niemand über längere Zeit in schwarz kleiden müsste. Die Trauer mache ich nicht an der Bekleidung fest, getrauert wird mit dem Herzen.

In meinen Gedanken sitzen die drei also dort am Fenster, Helga in Rüschenbluse und wie immer mit Dutt, Lotte wie eh und je in Jeans und Hinnerk bekleidet mit einem blauen Seemannspullover. Dicht stecken sie ihre Köpfe über einem Päckchen zusammen. Es ist mein Päckchen, mein Geschenk an meine drei Lieben. Noch ist es zugebunden und wartet darauf, dass die blassblaue Schleife aufgezogen wird und so unsere gemeinsame Vergangenheit in die Gegenwart zurückkehren kann.

Es ist so weit, die Schleife ist auf, Hinnerk faltet die ersten Seiten auseinander und beginnt zu lesen.

Frühling

Die Natur erwacht aus ihrem Winterschlaf. Die ersten Blumen suchen sich ihren Weg durch die noch kalte Erde. Sie schieben mit viel Energie und Kraft den noch frostigen Boden beiseite und verkünden uns mit ihrem Erscheinen das beginnende Frühjahr. Bäume und Sträucher bilden noch äußerst zaghaft erste Blätter, später Knospen, bis schließlich das Frühjahr seine ganze Schönheit entfaltet und eintaucht in ein Meer von Blüten in großer Farbvielfalt.

Er ist's

Frühling lässt sein blaues Band
wieder flattern durch die Lüfte;
süße, wohlbekannte Düfte
streifen ahnungsvoll das Land.
Veilchen träumen schon,
wollen balde kommen.
Horch, von fern ein leiser Harfenton!
Frühling, ja du bist's!
Dich hab ich vernommen!

(Eduard Mörike)

Schwarztee ohne Zucker

Ein lauer Abend im Frühjahr. Ich habe soeben meine Schuhe und Strümpfe ausgezogen und gehe langsamen Schrittes durch den feuchten Sand. Kleine Muscheln knirschen unter meinen Schritten. Ab und an kommt eine seichte Welle herangerollt und wie sollte man es anders annehmen, meine Füße werden nass. Aber das stört mich nicht im Geringsten. Es ist schön, endlich wieder einmal raus an die frische Luft zu kommen und den Abend zu genießen. Wie so oft hatte es fast den ganzen Tag geregnet, bis schließlich vor einigen Stunden die Wolkendecke aufriss und endlich die Sonne ihre noch etwas kraftlosen Strahlen herausblicken ließ. Aber dennoch, ich bin froh über diese kurze Zeit am Abend, die ich noch im Freien genießen kann. Zu lange hatte der Winter dieses Jahr angedauert. Nicht nur mir kam die Winterszeit dieses Mal entsetzlich lange vor. Nein, wenn man die Ohren spitzte, konnte man überall auf der Insel hören, wie doch jeder einzelne Inselbewohner oder auch Feriengast das Frühjahr herbeisehnte.

Ich laufe nun schon eine ganze Weile den Strand entlang, nicht etwa an der in diesen sonnigen Abendstunden belebten Seite der Insel. Nein, ich habe mir einen entlegenen Strandabschnitt gesucht, der nur mit dem Inselbus zu erreichen ist oder mit dem Fahrrad. Wenn es mir heute doch tatsächlich möglich ist, diese Abendstunden für einen ausgedehnten Spaziergang zu nutzen, dann möchte ich das Erlebnis in diesen ersten schönen Frühjahrsstunden mit niemandem teilen.

Gerne bin ich allein am Strand und kann die scheinbar unendliche Weite genießen. Sand, Wasser und Dünen, soweit das Auge reicht. In einer Entfernung, die ich nicht abzuschätzen vermag, sind große Schiffe zu sehen, es könnten Frachter sein oder Ähnliches, das kann ich jedoch nicht so gut erkennen. Nächstes Mal nehme ich mein altes Fernrohr mit. Ich bin wirklich ganz allein hier und schaue mich um und sehe niemanden, außer einigen Watvögeln und Austernfischern, die sich ebenso freuen wie ich mich, am Strand zu sein. Möwen leisten mir Gesellschaft und natürlich der stattliche alte Leuchtturm, welcher mir mit seinen großen gläsernen Augen auf meiner kleinen Wanderung zu folgen scheint. Egal, nach wie vielen Schritten ich mich umdrehe, mein Freund, der Leuchtturm, ist immer in der gleichen Größe in meinem Rücken, als wolle er auf mich aufpassen. Beim längeren Nachdenken darüber, warum der Leuchtturm nicht kleiner wird, wenn ich doch schon eine gute Strecke zurückgelegt habe, denke ich mir, dass ich wohl noch nicht wirklich weit gekommen sein werde. So ist es auch, ich bin langsam. So langsam war ich im letzten Jahr noch nicht. Aber ich komme schon noch in Schwung. Wenn ich erst einmal wieder jeden Tag meinen gewohnten Rundgang auf der Insel machen kann, dann werde ich mit der Zeit wieder flott. Rost setzt sich eben an alten Maschinen schneller an als an neuen!

Wenn mich meine Augen nicht täuschen, bin ich doch nicht die Einzige hier am Strand. In noch weiter Entfernung kann ich eine Person ausmachen, die einfach nur dasteht. Ob es ein Mann oder eine Frau ist, vermag ich nicht zu sagen. Merkwürdig ist nur, dass sich die Gestalt gar nicht bewegt. Auch nicht den Anschein einer kleinen Bewegung kann ich erkennen. Vielleicht sollte ich einmal meine Augen überprüfen lassen, das habe ich schon lange nicht mehr getan. Ich irre mich bestimmt, so stocksteif kann man gar nicht stehen. Wenn ich es noch nicht erwähnt habe, werde ich tatsächlich nächstes Mal mein Fernrohr mitnehmen! Ich gehe langsamen Schrittes weiter und die Umrisse der Person werden deutlicher. Ich habe mich also doch nicht geirrt, da fällt mir aber ein Stein vom Herzen. Es scheint eine Frau zu sein. Jetzt sehe ich es genau, es ist wirklich eine Frau und sie steht immer noch starr dort. Beim Näherkommen kann ich feststellen, dass es sich um eine, für meine Begriffe, junge Frau handelt. Sie trägt eine knallenge Jeans und eine schwarze Lederjacke. Die Schnürsenkel ihrer Schuhe hat sie zusammengebunden und trägt die Schuhe lässig über die Schulter gehängt. Sie steht mit den Füßen im Wasser und ihre Hose ist bereits bis zu den Waden nass. Zum Hochkrempeln ist diese Hose sicherlich zu eng. Ihre Füße müssen bereits halb abgestorben sein. Würde ich so lange im kalten Seewasser stehen, würde ich meine Füße gar nicht mehr spüren. Aber diese Frau scheint immun gegen jegliches Kälteempfinden zu sein. Sie merkt noch nicht einmal mein Näherkommen. Nun bin ich nur noch wenige Schritte von ihr entfernt und als ich mich auf gleicher Höhe mit der Frau befinde, stelle ich mich einfach einmal neben sie und starre ebenso in die Ferne wie sie. Ich hätte auch vorbeigehen können, das habe ich jedoch nicht getan. Jetzt bemerkt sie mich und schaut mich an. Das heißt, wir schauen uns beide gegenseitig an. Ich blicke in das Gesicht einer wunderschönen jungen Frau. Sie sieht mich aus ihren grünen Augen mit dichten schwarzen Wimpern an und sagt nichts. Selten habe ich in solch ein tadelloses Gesicht gesehen. Nur in den Augen- und Mundwinkeln sehe ich einen etwas bedrückten Ausdruck. Aber ich kann mich natürlich auch täuschen. Diese gleichen Gedanken wird sie beim Anblick meines Gesichts sicherlich nicht haben. Aber ich denke, sie ist mit ihren Gedanken auch überhaupt nicht hier an diesem Strand. Denn ich habe das Gefühl, sie sieht durch mich hindurch. Daher sage ich: »Was machen Sie hier, geht es Ihnen nicht gut? Eine so junge Frau ohne Begleitung allein am Strand!« Dass eine alte Frau wie ich allein am Strand entlanggeht, ist ja in der heutigen Zeit eine Selbstverständlichkeit. Man hat im Herbst des Lebens nicht immer eine Begleitung. Daher gehe ich zumeist alleine, dann kann ich mein Tempo selbst bestimmen oder eben ab und an mit meinen zwei Freundinnen oder mit Hinnerk, wenn er Zeit und Lust hat. Doch was macht diese schöne Frau allein am Strand?

Vielleicht erzählt sie es mir? Ich bin mir nicht sicher. Warum sollte sie das auch tun? Sie antwortet mir auf meine Frage nicht, daher trete ich einen Schritt zurück, mache langsam eine Vierteldrehung und setze meinen Spaziergang fort, immer noch mit dem Gedanken im Kopf, dass dort mit dieser Frau etwas im »Argen« liegt.

Nachdem ich schon ein gutes Stück vorangekommen bin, merke ich das Knirschen von Schritten hinter mir im Sand. Ich drehe mich um und sehe, dass die junge Frau mir mit einem kurzen Abstand folgt. Ich bleibe wiederum stehen und warte auf sie. Wir gehen schweigend gemeinsam weiter. Wir wechseln kein einziges Wort miteinander und sind bestimmt schon eine halbe Stunde unterwegs, denn als ich einmal zurückblicke, ist der Leuchtturm nun doch schon viel kleiner geworden und beim Geradeausschauen über das Wasser kann ich bereits den Leuchtturm der Nachbarinsel entdecken. Eine Möwe fliegt kreischend über unsere Köpfe und da erwacht meine Begleiterin aus ihrer Lethargie und fragt mich, ob ich ein wenig Zeit für sie hätte. Natürlich habe ich Zeit, alle Zeit der Welt, insbesondere wenn mich jemand braucht. Wir schlendern weiter, beschließen aber, da der Himmel sich langsam verdunkelt und es nicht mehr lange dauern würde, bis es zum Spazieren am Strand zu duster wird, zur Bushaltestelle zurückzukehren. Wir wollen eine Lokalität in Stadtnähe aufsuchen, um uns bei einer Tasse Tee aufzuwärmen. Ich muss mich ehrlich gesagt schon wundern, dass diese junge Dame nun so ohne Weiteres mit mir einen Tee trinken will, obwohl ich eine ihr vollkommen unbekannte Person bin. Aber so ist es eben und so dauert es auch nur eine knappe Viertelstunde, da haben wir die nächste Bushaltestelle erreicht. Eine weitere Viertelstunde später finden wir uns in einem kleinen Eckcafé wieder, in welchem wir uns eine große Tasse schwarzen Tee bestellen. Das Café gefällt mir nicht so gut und kann meinem gewohnten Teestübchen nicht das Wasser reichen. Aber der Tee, den wir serviert bekommen, der ist sehr gut und das ist schließlich die Hauptsache. Ich sitze nun mit einer mir absolut fremden Frau zusammen an einem kleinen runden Tisch in der einzig freien Ecke dieses etwas düsteren Lokals. Wie gewohnt nehme ich Zucker in Form von Kluntjes und einen kleinen Schuss Sahne in meinen Tee, was dazu führt, dass ich beobachten kann, wie kleine Wölkchen aus dem dunklen Tee emporsteigen. Meine Begleitung trinkt ihren Tee schwarz und ohne Zucker. Sie meint, das passe zu ihrer jetzigen Lebenssituation, und rührt in ihrem Getränk umher, obwohl es dort ja nichts zu rühren gibt, schließlich haben weder Zucker noch Sahne den Weg in ihre Tasse gefunden. Schwarz wie mein Leben, sagt sie nur. Daraus schließe ich, dass es ihr momentan nicht so gut geht. Diese Annahme bestätigt sich, als vor mir eine Lebensgeschichte ausgebreitet wird, mit der ich nicht gerne tauschen möchte.

Die Frau mit dem wundervollen Gesicht heißt Svea und kommt aus Schweden. Schweden hatte sie allerdings als ihr Heimatland schon lange verlassen. Aus Liebe habe sie ihr Geburtsland verlassen und nun sagt sie, sei sie im wahrsten Sinne des Wortes verlassen. Alles habe sie aufgegeben aus Liebe zu einem Mann, welcher sie nun mit einem bockigen Kind im Teenageralter habe sitzen lassen.

Was sie auf der Insel mache? Ein neues Leben anfangen zusammen mit ihrem Kind, das schon vor langer Zeit an Asthma erkrankt sei, was sich nun nicht mehr ändern lasse, sodass ein Umzug unumgänglich sei. Von einem Umzug wolle ihr Ehemann jedoch nichts wissen und so bleibt er in Süddeutschland und hat mit dem Thema Frau und Kind abgeschlossen. Dass diese Ehe sehr wahrscheinlich schon vor langer Zeit zum Scheitern verurteilt gewesen ist, steht auf einem anderen Blatt Papier. Jetzt jedenfalls, berichtet Svea, muss sie versuchen, wieder Fuß zu fassen, was ihr allerdings, egal, wo sie lebt, doch sehr schwer gemacht wird. Erst einmal die Sprache. Natürlich hat sie Deutsch gelernt, aber nicht so gut, dass sie sich zu 100 Prozent perfekt ausdrücken könnte. Eine Ausbildung in irgendeinem Beruf hat sie nicht, da ihr Ehemann nicht wollte, dass seine Frau arbeiten gehen musste. So kommt es denn, dass Svea direkt von der Schulbank in den Hafen der Ehe eingelaufen ist, was sie zutiefst bereut, da es ihr in dieser Ehe nicht gut ergangen ist, was sie jedoch nicht weiter ausführen will.

Aber nun ist sie hier auf der Insel und fragt sich einmal mehr als an anderen Tagen, was sie mit ihrem Leben anstellen könne und wie sie wieder Fuß fassen solle. Im Vordergrund, macht sie klar, steht selbstverständlich ihre Tochter. Ich muss erwähnen, dass Sveas Kind eine Tochter im Alter von 14 Jahren ist und damit mitten in der Pubertät steckt.

Das ist kein leichtes Unterfangen.Wir unterhalten uns dann eine ganze Weile über Pubertät, wie sie es nennt und ich erkläre ihr, dass es zu meiner Zeit und in meinem Heimatland so etwas wie Pubertät nicht gegeben habe. Da war man erst ein kleines Mädchen, dann wurde man älter und entwickelte sich, schließlich war man eine junge Frau. Zu jedem dieser Zeiträume hatte man in der Familie seine Aufgaben und es wurde kaum Zeit mit Gedanken an irgendwelche Entwicklungsprozesse des Kindes verschwendet. Ich nehme an, es war in einer Hinsicht auch ganz gut, dass davon nicht so ein großes Aufheben gemacht wurde. Andererseits weiß ich zu erzählen, dass das mit der Aufklärung und dergleichen zu meiner Zeit natürlich so eine Sache gewesen sei. Daraufhin stellt mir meine Begleitung doch wirklich die Frage, ob ich denn nun mittlerweile aufgeklärt sei oder ob noch ein wenig Bedarf bestehe. Diese wirklich intime Frage bringt dann auch das letzte Eis zwischen uns zum Schmelzen und wir unterhalten uns anschließend wie Freundinnen, die sich lange Zeit aus den Augen verloren hatten. So gut es eben geht, gebe ich ihr mütterliche Ratschläge in Bezug auf ihre Tochter und auch, wie sie es anstellen könne, in Zukunft wieder auf die Beine zu kommen. Ich tue wirklich mein Allerbestes und appelliere erst einmal an sie, sich doch die Zeit zu nehmen herauszufinden, was sie wirklich gerne tun würde und wo denn ihre Talente liegen. Es hätte ja wohl keinen tieferen Sinn, wenn meine hübsche Neubekanntschaft etwas arbeiten würde, bei dem sie sich nicht wohl fühlte. Das würde ihrem ohnehin kaum vorhandenen Selbstvertrauen nicht guttun und sie meilenweit zurückwerfen.

So verbringen wir noch eine lange Zeit an diesem Abend an dem kleinen Ecktisch und wälzen Ideen hin und her, bis es dann so weit ist, dass unsere Wege sich wieder trennen. Es ist bereits spät geworden und ehrlich gesagt bin ich vollkommen erschöpft von diesem Tag. So verabschieden wir uns herzlich voneinander. Svea mit Tränen in den Augen und ich, ich kann mich gerade noch so beherrschen. Was würde es für einen Eindruck machen, wenn ich, die Ältere, nun in Tränen ausbrechen würde? Ich reiße mich also zusammen und nehme meine neue, mir nicht mehr fremde Bekannte in den Arm und unsere Wege trennen sich.

Wie geht es nun weiter? Was passiert mit Svea und findet sie ihren Weg? Das wüsste ich auch gerne. Die Wahrheit ist, dass ich stark annehme, dass sie aufs Festland zieht, denn diese Möglichkeit haben wir in unserem Gespräch in Erwägung gezogen. In den nächsten Wochen nach unserem ersten und wahrscheinlich letzten Treffen halte ich die Augen offen, immer bemüht darum, sie irgendwo zu erblicken. Doch nein, ich sehe sie nicht wieder, denke allerdings noch oft an sie und hoffe, dass sie ihren Weg findet.

Tee war nicht dabei

Vor einiger Zeit erzählte mir eine Bekannte ein Erlebnis, das ich sofort aufschrieb, nachdem sie meine Wohnung verlassen hatte. Den Namen dieser Bekannten möchte ich nicht nennen, da es ihr vielleicht nicht recht wäre, dass ich diese Geschichte zu Papier gebracht habe. Sie erzählte mir, anscheinend immer noch sehr belustigt davon, dass sie einen alten Herrn im Supermarkt beobachtet habe. Sie vergaß dabei, dass sie selbst schon ziemlich alt war, aber wie dem auch sei. Mir ist es im Nachhinein nicht wirklich klar, wie sie jemanden rein zufällig beobachten konnte, sie wird der Person vorsichtig gefolgt sein.

Im Mittelpunkt der Beobachtung meiner Bekannten stand ein älterer Herr, den sie kurzerhand Hermann nannte. Warum brachte sie diesen Herrn mit gerade diesem Namen in Verbindung? Er sah für meine Bekannte einfach aus wie ein klassischer Hermann. Graues schütteres Haar, etwas zerstreut, graue Hose mit Bügelfalte, kariertes Hemd. Alle Hermanns dieser Welt mögen entschuldigen. Hermann ist schließlich auch ein Kuchen. Dieser wird gebacken und ein Stück vom Teig wird immer wieder weitergereicht, damit der nächste Backlustige einen Hermann backen kann. So muss sich wohl unser Hermann gefühlt haben. Er fuhr, sich festklammernd am Einkaufswagen, durch den Supermarkt. Oft hatte er das wohl noch nicht gemacht. Eine Rolle des Wagens blockierte immer in eine andere Richtung und Hermann hatte seine Schwierigkeiten, den Wagen in die richtige

Richtung zu bugsieren. Den Einkaufszettel fest in der Hand, schob er den Wagen immer und immer wieder um dieselben Regale, bis er sich schließlich dazu durchringen konnte, einen freundlichen, jungen Mitarbeiter dieses neumodernen Kolonialwarenladens um Hilfe zu bitten. Wo sich denn das Streichfett befinde. Ja, was sollte das denn bitte schön sein? Streichfett? Als Erstes wurde Hermann in die Farben- und Lackeabteilung geschickt. Das ist, wie wir selbstverständlich wissen, nicht wirklich korrekt. Das merkte Hermann natürlich auch sofort, aber hier hatte er für sein Problem nun neue Ansprechpartner. Eine junge Dame, sehr wahrscheinlich ein Lehrling oder besser eine Auszubildende im Groß- und Einzelhandel, sortierte gerade Ware in ein Regal. Nachdem Hermann nun wieder seine Frage nach dem Streichfett gestellt hatte, zog das Mädchen nur die Augenbrauen in die Höhe. Meine Bekannte meinte, dass dieses Hochziehen der Augenbrauen wohl einigen Schmerz verursacht haben musste, da die junge Dame mehrere Metallringe in ihren Augenbrauen stecken hatte. Ich versuchte sie noch davon zu überzeugen, dass ich nicht glaube, dass solch ein Körperschmuck schmerzhaft sei, merkte jedoch sofort, dass dieses Gespräch zu nichts führte. Also zurück zu dem armen Hermann, dem nun mitgeteilt wurde, dass er sich in der falschen Abteilung befinde, da er ja scheinbar nichts aus der Farbabteilung kaufen wolle. Nun war Hermann wieder auf sich allein gestellt und marschierte mit bockigem Wagen weiter. Das Streichfett musste ja irgendwo zu finden sein. Andere Menschen kauften dieses Lebensmittel ja auch ein. Doch es war für ihn schier unmöglich, sich in diesem gewaltig großen Laden zurecht zu finden. Durch Zufall kam er an einem ebenfalls halb vollen Einkaufswagen vorbei, in welchem, man glaubt es kaum, »sein« Streichfett lag und gleich in großer Menge. Es musste sich hier um sechs oder mehr Plastikbehälter handeln. Hermann überlegte kurze Zeit, dann fuhr er ganz langsam an dem Fremdeinkaufswagen vorbei und schnappte zu. Unbemerkt legte er einen Becher Margarine in seinen Wagen. Niemand hatte es bemerkt und die Schieberin des streichfettbepackten Wagens würde es wahrscheinlich gar nicht merken, dass ein Exemplar fehlte. Glücklich, nun endlich alles gefunden zu haben, bewegte sich Hermann abgeschlafft der Kasse entgegen, bezahlte alles, packte die Einkäufe in seine braune, lederne Einkaufstasche und verließ den Supermarkt.

Draußen auf einer Parkbank wartete bereits seit einer geschlagenen Stunde seine Ehefrau. Es machte den Anschein, dass sie sich vor einiger Zeit das rechte Bein gebrochen hatte und nunmehr auf Gehhilfen angewiesen war, außer Stand, selbst einkaufen zu gehen. So erklärte es sich wohl auch, aus welchem Grund Hermann an diesem Tag der Einkäufer des täglichen Bedarfs war.

Nun stellte SIE die alles entscheidende Frage: »Hast Du denn alles bekommen und auch an den Tee gedacht?«

Herrmann, sichtlich verwirrt und kaum in der Lage, eine Antwort zu geben, entgegnete kleinlaut: »Alles ist da, nur der Tee, der ist nicht dabei, der stand doch nicht auf dem Zettel!«

Kalter Angstschweiß brach ihm aus, sein Gesicht war aschfahl anzusehen. Ob er sich wohl noch einmal auf den Weg hinein in das Wirrwarr der Regale gemacht haben mag?

Früchtetee

Wieder einmal ein Nachmittag im Teestübchen. Ich freute mich. Etwas Besseres kann man sich nicht vorstellen, als an einem schönen gewöhnlichen Nachmittag mit seinen Lieben ein Tässchen Tee zu trinken. Das ist der pure Luxus. Alle waren gekommen, Lotte, Helga, Hinnerk und ich natürlich. Der Tee schmeckte wieder hervorragend. Wir bestellten uns Früchtetee. Diese Teesorte schickt sich an, das ganze Jahr über getrunken werden zu können. Je nach Belieben mit oder auch ohne Zucker, wie ein jeder es gerne mag.

Als ich des Abends zu Hause bei mir eintraf, nahm ich einen Stift und einen Schreibblock, knipste meine kleine Tischleuchte an und setzte mich an meinen Fensterplatz. Es war März und es wurde noch ausgesprochen früh dunkel, aber ich zog die Gardinen noch nicht zu, da ich es gut leiden kann zu sehen, wie die Helligkeit langsam verschwindet, die Abendwolken dunkler werden, bis schließlich die Welt in Dunkelheit versunken ist. Ich wohne sehr gut. Das heißt nicht, dass ich sehr komfortabel wohne. Da ich nicht materialistisch, wie man heute sagt, eingestellt bin, brauche ich nicht viel zum Leben. Eben eine kleine Wohnung mit einer Kochecke und ein wenig Geschirr, sodass es ausreicht, auch einmal für vier Personen einen Tee zubereiten zu können. Was ich jedoch nicht missen möchte, ist mein winziger Schreibtisch vor dem Fenster. Solch ein Schreibtisch würde heutzutage nicht einmal wagen, Schreibtisch genannt zu werden. Er ist nicht zu vergleichen mit den heutigen Tischen, welche für

Schreibarbeiten herhalten müssen. Mein geliebter Tisch ist wirklich winzig und alt. Aber dennoch bietet er genug Platz für einen Schreibblock, einige Stifte und ein Plätzchen für eine Kanne Tee sowie für eine Tasse. Er steht genau vor dem Fenster und somit habe ich einen wunderbaren Blick nicht etwa auf die Menschen, die sehr beschäftigt auf der Straße umherlaufen. Er bietet einen wundervollen seitlichen Blick auf den in einiger Entfernung liegenden Hafen. Jetzt sehe ich gerade kein Schiff, aber manchmal am Abend sind noch beleuchtete Fähren unterwegs. Das ist schön anzusehen. Auch morgens, da ziehe ich als Erstes die Vorhänge auf und schaue, ob schon Schiffe zu sehen sind. Aber ich schweife ab. Kommen wir zurück zu heute Abend. Ich setzte mich also an mein Tischchen, suchte mir einen gut in der Hand liegenden Stift und musste einfach aufschreiben, was Hinnerk an diesem Nachmittag von sich erzählt hatte. So freimütig war er nicht mit den Erzählungen über sein Leben, daher war dies heute eine besondere Begebenheit und wir drei Frauen wussten mit großem Interesse unsere Ohren zu spitzen.

Wir tranken Früchtetee. Daran war nichts Besonderes, das taten wir schon so oft. Doch heute war anscheinend etwas anders als sonst, denn durch diesen Tee machten sich bei Hinnerk Erinnerungen auf den Weg. Wir waren wieder einmal im Gespräch, dieses Mal jedoch über das Alter und über Krankheiten. Obwohl wir es für gewöhnlich ablehnen, uns mit solcher Thematik zu befassen. Heute jedoch nicht. So stelle ich mir einfach einmal vor, ich sei Hinnerk und lasse das Gespräch noch einmal Revue passieren. Das ist glaube ich das Einfachste.

Die erste Tasse Früchtetee

Ich bin schon ziemlich alt geworden, sagt man. Steinalt, sagt man. Wer das sagt, darüber möchte ich hier nicht sprechen, denn das geht niemanden etwas an. Ich glaube diese Behauptung jedenfalls nicht, denn wenn ich in den Spiegel schaue, dann sehe ich einen vor Kraft noch strotzenden Mann mit Bart und Schirmmütze. Muskeln habe ich und darauf bin ich stolz. Das war nicht immer so. Nicht immer war ich kräftig und lebensfroh. Auch dass ich immer schon auf der Insel gewohnt habe und hier aufgewachsen bin, das ist nicht richtig. Das habe ich erfunden. Ich bin nicht ein geborener »Seebär« und ich habe nicht mein halbes Leben auf einem Schiff verbracht.

Es gab einmal eine Zeit, da war ich ein kleiner, schmächtiger Junge, dem jede Hose zu weit war und jedes Oberhemd zu lang. Dieser Junge wurde gehänselt und umhergeschubst. Er konnte nicht mit seinesgleichen mithalten. Alles wurde jedoch noch schlimmer, als die Kriegszeit kam. Habe ich davon schon berichtet, dass ich im Krieg aufgewachsen bin? Nein, ich glaube, das habe ich noch nicht gesagt. Es war eine schlimme Zeit. Wir wohnten in einer großen Stadt und hatten dort ein schönes Haus. Aber das nützte uns nicht viel. Denn Jahre später war von dieser mir in Erinnerung gebliebenen Häuserzeile nicht viel mehr übrig als nur der Straßenname, welcher erhalten geblieben ist. Ich höre sie noch heute, die Sirenen und die vielen schnellen Schritte. Menschen, die eiligst in Schutzkeller liefen. Meinen Eltern sei Dank, musste ich nicht die ganze schlimme Zeit in meiner Heimatstadt verleben. Sie schickten mich weg. Kinderlandverschickung nannten sie es. Eines Tages fand ich mich mit vielen anderen Jungens und

Mädchen meines Alters in einem Zug wieder, mit den nötigsten Habseligkeiten ausgestattet. Ich spüre ihn noch heute, den Abschiedskuss meiner Mutter auf die rechte Wange und auch die große Hand meines Vaters, welche noch einmal meine Schulter durchschüttelte. Nur mal so nebenbei, das mache auch ich heute so, wenn ich jemanden herzlich begrüße. Ich gebe ihm einen gehörigen Schlag auf die Schulter. Natürlich nicht bei meinen drei Damen, die mich oftmals umgeben. Da bin ich immer sehr galant und höflich, wie es sich gehört.

Jedenfalls wurde ich weggeschickt für eine lange Zeit. Die Zeit kam mir ungeahnt lang vor. Es müssen einige Jahre und etliche Monate gewesen sein, in denen ich bei einer fremden Familie einen nicht vorhandenen Platz einnahm und nicht immer gern gesehen war. Wenn ich beschreiben müsste, wie ich mich gefühlt habe, dann würde ich es einmal mit dem Wort »fremd« auf den Punkt bringen. Ein anderes Wort fällt mir dazu nicht ein. Fremd in jeder Hinsicht. Das Allerschlimmste an meiner Situation, wenn ich es einmal im Rückblick beurteilen darf, war, dass ich einfach gar nichts frei entscheiden konnte. Jegliche Entscheidung, was ich tun und wohin ich gehen durfte, wann ich schlafen und wo und mit wem ich spielen durfte, ja, sogar was ich essen und was ich trinken durfte, unterlag nicht meiner Entscheidung. Immer gab es nur Tee. Nie Milch für mich. Ich weiß, Milch war teuer und ich war ein fremdes Kind. Für mich wurde kein Geld ausgegeben. Ich bekam dünnen Tee, jahrelang. Hellrot war er und schmeckte nach rein gar nichts. Es soll Früchtetee gewesen sein. Wer's glaubt. Damals schon, in meinem noch kindlichen Alter von elf Jahren, denn so alt war ich, als ich verschickt wurde, habe ich mir geschworen, mich nie wieder in solch eine Abhängigkeit zu begeben.

Jetzt ist es aber einmal gut mit den alten Geschichten. Es erklärt sich doch nun von ganz allein, warum ich auf einer Insel wohne, nie geheiratet habe und lange Jahre zur See gefahren bin. Ich wollte frei sein, nie mehr von anderen Menschen abhängig, ganz einfach mein Leben selbst in die Hand nehmen. Die Weite des Meeres gab mir meine Ruhe zurück. Jetzt geht es mir schon lange Zeit gut und die Insel hat das Ihre dazu beigetragen.

So lange Zeit, die ich bereits hier auf der Insel wohne, muss ich natürlich meinen drei Freundinnen und anderen Menschen vorkommen, als wäre ich ein gebürtiger Insulaner. Und das ist auch gut so. Gerne wäre ich es, denn diese Insel ist meine neue Heimat geworden, schon vor langer Zeit.

Die zweite Tasse Früchtetee

Wie ich schon erwähnt habe, habe ich viel dünnen Früchtetee trinken müssen in einer Zeit, an die ich mich nicht gerne zurückerinnere. In meiner Familie, und ich meine auch meine richtige Familie, in meinem richtigen Leben, als die Welt noch in Ordnung war, da gab es keinen Früchtetee. Nein, kann ich nicht sagen, den gab es früher wirklich nicht. Als ich klein war, gab es Pfefferminztee oder Kamillentee allenfalls, wenn wir Kinder krank waren. Oder aber frischen Pfefferminztee aus dem Garten, aufgekocht und aufgegossen, getrunken zu meinem Leibgericht, dicke Bohnen mit Zwiebeln und Speck auf Brot, und dazu dann diesen Tee. Dieses Gericht läutete immer den Spätsommer ein. Probieren Sie es einmal. Das schmeckt wirklich unvergesslich.

Aber Früchtetee? Heute gibt es den ja in allen erdenklichen Arten. Sogar schon für Kleinkinder in Granulatform wie Katzenstreu. Mit und ohne Zucker drin. Ob das wohl tatsächlich Tee ist? Ich kann mich nur an schwarzen Tee erinnern und natürlich auch an Kaffee. Den durfte ich schon trinken, da war ich noch nicht einmal konfirmiert. Das war meinen Altvorderen aber einerlei. Kaffee gab es auf den Tisch und fertig. Konnte man sich ja viel Milch und Zucker reintun. Immer noch besser, als Milch zu trinken, am besten mit Glibber obendrauf. Dann doch eher Kaffee. Andere Eltern rümpften darüber natürlich die Nase. Mit zehn Jahren schon Kaffee, das geht doch nicht. Gefehlt hat mir der Früchtetee nicht. Aber es ist ja wissenschaftlich erwiesen, dass Tee aus getrockneten Früchten oder Kräutern sehr heilsame Wirkung hat. Das hat bereits Hildegard von Bingen festgestellt. Doch heute mit meinen drei Frauen Helga, Lotte und Hilde trinke ich gerne dann und wann einmal einen frisch aufgebrühten Früchtetee, auch wenn dieser dazu beiträgt, dass ich mich an die gute alte Zeit, welche nicht immer gut war, zurückerinnere.

Vitaltee

Das Wetter wird zunehmend besser. Die kalten Wintertage sind nur noch selten in meiner Erinnerung und werden durch die frischen Frühlingssonnenstrahlen und die wohlige, noch feuchte Frühjahrsluft verdrängt. Mein Körper ist durch die langen Wintermonate etwas eingerostet und verlangt danach, endlich wieder täglich bewegt zu werden. Mit meinem fortschreitenden Alter sollte ich ebendies möglicherweise auch zur täglichen Gewohnheit werden lassen. Habe mir vorgenommen, dieses Thema beim nächsten Teerundentreffen einmal auf den Tisch zu bringen. Wer weiß, vielleicht ist es möglich, sich gemeinsam in irgendeiner Weise sportlich zu betätigen. Die Insel bietet hierfür vielfältige Möglichkeiten, welche nicht nur von den Urlaubern genutzt werden können, sondern natürlich auch von den Insulanern, zu welchen wir uns zählen. Ich weiß, es entspricht absolut nicht der Normalität, dass sich eine alte Dame, die ich auch schon bin, noch Gedanken macht, welche Sportart sie ergreifen könnte. Aber ich habe den Lauf meines Lebens nie von Gegebenheiten abhängig gemacht, sondern versucht, immer selbst die Initiative zu ergreifen, denn: »Wer nichts wagt, der nichts gewinnt.« Also ran an den Speck!

Teestübchen, gleicher Ort wie fast immer, gleicher Tisch, gleicher Meeresblick, gleiche Bedienung und die gleichen Teegenießer. Helga, Lotte, Hinnerk und ich. Wir vier saßen jeder vor einer Tasse Tee; welche Sorten wir uns am heutigen Tage bestellt hatten, war vollkommen unerheblich. Wichtig an dieser Teerunde war lediglich das heutige Thema. Mein Thema: das Sportprojekt! Drei ungläubige Augenpaare starrten mich an und ich konnte es förmlich von den Gesichtern ablesen, sie hielten mich für vollends verrückt.

Hinnerk ergriff als Erster das Wort und sagte nur: »Sport ist Mord. Für mich ist das nichts. Macht, was ihr wollt, aber macht es ohne mich. Ich hole euch gerne ab, wenn ihr nicht mehr gehtüchtig seid vor lauter Muskelkater, ich versorge euch auch gerne mit Salben und Cremes und koche euch einen Entspannungstee, aber bitte, bitte geht mir weg mit Sport!«

Das saß. Hinnerk war schon einmal vollkommen raus aus der Nummer. Er hörte uns jedoch immer noch aufmerksam zu, rührte ab und an in seiner Tasse umher, bestellte sich noch einen neuen Tee und leistete uns geduldig Gesellschaft, bis wir zum Abschluss dieses Themas gekommen waren. Es war mir tatsächlich möglich, Helga und Lotte für meine neue Idee zu gewinnen, und wir beschlossen, uns als Erstes einen Überblick zu verschaffen, an welchen Aktionen wir hier auf der Insel denn teilnehmen könnten. Da ich selbstverständlich nicht unvorbereitet in solch ein Gespräch gehe, hatte ich entsprechendes Prospektmaterial bereits besorgt und breitete es nun auf dem Tisch aus. Da staunten die beiden Damen nicht schlecht und auch Hinnerk schaute das erste Mal wieder interessiert. Nach einigem Hin und Her kamen wir überein, am übernächsten Tag, einem Mittwoch, die Gymnastikstunde am Strand zu besuchen, sie uns anzuschauen und eventuell schon ein wenig teilzunehmen, wenn wir denn davon überzeugt wären, dass es etwas für uns ist. So verblieben uns noch der Rest dieses Tages sowie der Folgetag, um uns adäquate Gymnastikkleidung zu besorgen, damit wir wenigstens in einem zeitgemäßen, sportlichen Outfit auftreten konnten. Gesagt – getan. Hinnerk fühlte sich nunmehr etwas ausgeschlossen, da er ja zu Anfang sofort dagegen war. Er meinte jedoch, dass er zu gegebener Uhrzeit ebenfalls zugegen sei, um die Oberaufsicht zu übernehmen, falls sich die eine oder andere von uns verletzen sollte oder sonstige Hilfe benötige. Was für ein lieber Mensch. So trennten sich an diesem Tag unsere Wege und wir verabredeten uns für den kommenden Mittwoch zu besagter Uhrzeit am Strand. Ich war bereits in freudiger Erregung, was nun in knapp zwei Tagen auf uns zukommen würde.

Es war so weit. Mittwochmorgen, 8.30 Uhr, noch grau bedeckter Himmel, für meine Begriffe eine etwas zu kalte Luft für Außensport, nasser Sandstrand, einige kreischende Möwen über Fischkuttern in einiger Entfernung und eine Traube von Sportlern, es mögen 15 Personen gewesen sein, in bunter Fitnesskleidung. Alle Sportler geschätzt zwischen 30 und 50 Jahren und inmitten dieser Menschenansammlung ein braun gebrannter Mann, so um die 50 Jahre, in kurzer Sporthose, mit knallkurzer, aufgestylter Haarfrisur und Stirnband. Er hatte ein kleines Mikrofon vor dem Mund, das scheinbar an seinem Ohr oder seinem Nacken befestigt war. Mittels dieses Mikrofons gab er nun Anweisungen, wie die Gruppe sich aufzustellen hatte, und dann ging es sofort los. Wir standen noch in einiger Entfernung, ebenfalls im Sportdress, nicht in solch knalligen Farben, aber dennoch konnten wir drei Frauen uns sehen lassen. Hinnerk war noch nicht da, vielleicht hatte er es sich anders überlegt und wollte doch nicht kommen, was ihm zu verzeihen gewesen wäre. Nach einer kurzen Weile erblickte der Trainer uns und winkte uns lächelnd heran, nahm uns trotz unseres schon sichtlich fortgeschrittenen Alters in die Gruppe auf, als wäre es das Alltäglichste von der Welt, und vielleicht war es das auch?

Nach bestem Wissen und Gewissen machten wir mit. »Arme hoch, Arme runter, Schritt nach rechts, Schritt nach links!« Wir taten unser Möglichstes, waren natürlich nicht immer so schnell in der Bewegungsabfolge wie die anderen und mussten daher immer wieder einmal neu einsetzen. Aber das machte nichts, es machte einfach Spaß und auf einmal war die begonnene Fitnessstunde bereits vorbei. Das war wirklich sehr kurzweilig. Unser Fitnesstrainer verabschiedete seine Gruppe bis zum nächsten Mittwoch und kam sodann auf uns drei Frauen zu und nahm uns zur Seite. Besorgt fragte er, ob es uns gut gehe und ob diese Gymnastik uns nicht überfordere. Ob wir uns sicher seien, hier in der Frühe schon Fitness machen zu wollen? Aber das waren wir. Wir drei waren sogar absolut davon überzeugt, gerade jetzt, als wir unseren Trainer einmal von Nahem zu Gesicht bekamen. Was für ein wunderschöner Mann. Meine Güte, ich muss es einfach noch einmal sagen: Was für ein wunderschöner Mann! Braun gebrannt, mit ernsten, aber doch fröhlichen Gesichtszügen, frisch rasiert schien er zu sein und er hatte Muskeln. Kolossal, ich habe lange nicht aus der Nähe einen so muskulösen Körper gesehen. Wir drei verständigten uns durch nur einen Blick. Dieser eine Blick genügte und wir waren uns einig, dass wir selbstverständlich jeden Mittwoch dabei sein wollten, koste es, was es wolle. Der Trainer schien damit zufrieden und verabschiedete uns ebenso herzlich wie zuvor die anderen Gruppenteilnehmer. Absolut fröhlich gestimmt und überrascht davon, was unsere müden Gelenke doch noch so leisten konnten, begaben wir uns auf den Heimweg. Doch wer kam uns denn dort auf der Strandstraße entgegen? Es war Hinnerk mit einem Erste-Hilfe-Koffer. War das denn die Möglichkeit? Was fiel ihm bloß ein? Sahen wir wirklich schon so alt und gebrechlich aus? Das war doch wirklich eine Frechheit. Das sagten wir ihm auch und es war das erste Mal, dass ein Gespräch zwischen uns nicht ruhig beendet wurde, sondern wir sahen Hinnerk sofort wutentbrannt wieder abdampfen und das Weite suchen. Was für ein Auftritt! So etwas hätten wir ihm gar nicht zugetraut.

Es war wieder Montag, jedoch zwei Wochen später. Hinnerk hatten wir noch nicht wieder gesehen. Zu unserer Teerunde vor einer Woche war er einfach nicht gekommen und hatte sich auch bei keiner von uns abgemeldet. Was sollte man davon halten, was waren das denn für neue Marotten? Nun erschien er jedoch, zwar eine Viertelstunde zu spät, aber zumindest kam er. Erleichtert blickten wir ihn an, denn wir hatten uns schon Sorgen um ihn gemacht. Äußerst verlegen schaute er in die Runde, setzte sich und wir bestellten eine weitere Tasse. Eine große Kanne Tee war bereits auf dem Tisch und wartete darauf, getrunken zu werden. Es war Vitaltee, etwas ganz Neues auf der Teekarte. Wir mussten uns fit halten und das versuchten wir nun in jeder erdenklichen Form zu tun und auch in Form von Tee. Welche Zutaten in diesen Tee gefunden hatten, war uns noch nicht ganz klar, aber er schmeckte einfach frisch und fruchtig und, um es in einem Wort zu sagen, hervorragend. Nachdem der Teehäuschenbesitzer davon Wind bekommen hatte, dass wir nun Teilnehmer der wöchentlichen Strandgymnastik geworden waren, entwarf er aus Sympathie zu uns einen Tee nach, wie er sagte, einem altem Hausrezept. Über die Zutaten verlor er immer noch kein Wort, aber je öfter wir ihn tranken, bekamen wir schon heraus, welche Kräuterlein in diese Mischung geraten waren. Einige hatten wir schon herausgefunden, Zitrone auf jeden Fall und Orange, das war nicht schwer, vielleicht war es ein grüner Tee mit Feige, das wussten wir jedoch noch nicht genau. Vielleicht konnte Hinnerk uns dabei weiterhelfen. Er saß schweigend auf seinem Platz und bis jetzt hatte er außer einem »Guten Morgen« noch nicht ein einziges weiteres Wort mit uns gesprochen. Was sollte man denn davon halten? Was er denn wohl haben mochte? Mit einem Mal traf es mich wie der Schlag. Ich konnte diese Erkenntnis noch gar nicht wirklich in Worte fassen. Aber es gab hierfür nur ein einziges Wort, das mir tatsächlich dazu einfiel und das nannte sich »Eifersucht«. Der Gute war eifersüchtig! Aber worauf denn nur?

Ich beschloss, ihn einfach zu fragen. So beugte ich mich leise über den Tisch, Helga und Lotte sahen es und steckten ebenfalls vorsichtig ihre Köpfe in meine Richtung. Ich fragte unseren guten Freund vorsichtig und wirklich so leise als möglich: »Hinnerk, bist du vielleicht ein kleines bisschen eifersüchtig?«

Er schaute uns an, schließlich blieben seine Augen an den meinen hängen und er entgegnete nur ein kleinlautes: »Ja, das bin ich wohl«. Wir glaubten kaum, was wir da zu hören bekamen, und bestellten rasch noch eine weitere Kanne Tee, da die erste bereits auf den Grund blicken ließ.

Endlich, endlich begann Hinnerk zu berichten, wie er an dem besagten Morgen wie versprochen zum Strand gekommen war mit seinem Erste-Hilfe-Koffer. Man wusste ja nie, die kalte Luft geht doch so stark auf die Gelenke und er wollte doch gleich zur Stelle sein, wenn er gebraucht würde. In einigem Abstand setzte er sich dann wohl auf eine niedrige Steinmauer und sah zu uns herüber. Wir jedoch hätten ihn gar nicht bemerkt und dann sei ihm bewusst geworden, in welchen Bann uns doch dieser »Meister Propper« auf seinem Exerzierplatz gezogen hatte. Hinnerk meinte, dass, je länger er dort gesessen habe, desto mehr sei ihm klar geworden, dass er fehl am Platze war und sich besser auf den Heimweg machen sollte, was er dann auch tat. Wir hingegen dachten, er hätte uns vergessen und wäre gar nicht dort gewesen. Was für ein großes Missverständnis! Er holte noch einmal wieder tief Luft und berichtete, dass er dann das Weite gesucht habe, auf halben Wege jedoch sei ihm klar geworden, dass seine Gedanken völliger Unsinn waren, und er sei dann schnellen Schrittes zurückgeeilt. Dann hätten wir ihn ja auch schon getroffen und den Rest würden wir ja bereits kennen.

Hinnerk gab noch ein zweites und drittes Mal zu, dass er wirklich immer noch eifersüchtig war und uns nicht beim Sport zusehen wollte. Wir hingegen erklärten ihm, dass es absolut keinen Grund zur Eifersucht gebe und dass das doch absolut utopisch sei, denn dieser »Meister Propper«, wie er ihn scherzhaft zu nennen wusste, sei für uns viel zu jung. Dass wir diesen Fitnesstrainer tatsächlich insgeheim ein ganz klein wenig anhimmelten, das war uns Frauen klar und das würde vielleicht auch so bleiben. Natürlich brauchten wir drei auf unsere alten Tage keinen neuen Mann, geschweige denn einen Liebhaber. Was für ein Stress! Wir hatten unseren Hinnerk und das reichte. So brachten wir an diesem Frühlingstag in Hinnerks Beisein einen Toast auf ihn aus. Bestellten uns zu diesem Zweck ein leckeres Likörchen, für Hinnerk selbstverständlich einen Klaren und konnten ihn davon überzeugen, dass er für uns der wichtigste Mann der Insel war. Von da an war unser guter Freund wieder ganz der Alte und wir vier wieder eine eingeschworene Gemeinschaft.

Doch es geht nichts über so einen klitzekleinen Frühlingstraum, wenn es denn auch nur ein Traum bleibt.

Sommer

Es sind die längsten Tage des Jahres. Die Sommertage! Vielleicht sind es auch die Schönsten? Wärme und Sonnenlicht wirken sich äußerst positiv auf die Menschen aus. Schauen nicht alle um so vieles fröhlicher in die Welt hinein? Auch die Natur strengt sich an, ihr Bestes zu geben. Sie ist auf ihrem Jahreshöhepunkt angekommen. Obst und Gemüse wächst und kann geerntet werden. Korn wächst und reift. Strahlendblaue Himmel, federleichte Wolken, hier und da ein wenig Regen und zauberhaft sternenklare Nächte!

Mondnacht

Es war, als hätt' der Himmel
Die Erde still geküsst,
Dass sie im Blütenschimmer
Von ihm nun träumen müsst'.

Die Luft ging durch die Felder,
Die Ähren wogten sacht,
Es rauschten leis' die Wälder,
So sternklar war die Nacht.

Und meine Seele spannte
Weit ihre Flügel aus,
Flog durch die stillen Lande,
Als flöge sie nach Haus.

(Joseph von Eichendorff)

Tee ohne

Ohne was? Tee ohne alles, weder Kluntjes noch Streuzucker, weder Zitronenscheiben noch jegliche Art von Rum oder Teelikör! In einen Tee aus einer Thermoskanne gehört meines Erachtens nur Tee, unverfälscht und rein im Geschmack. Ein Tee, an der frischen Luft getrunken, sollte immer nur sein natürliches Aroma entfalten. Dabei geht es auch nicht darum, welche Sorte Tee in der Kanne wartet getrunken zu werden. Dieser Tee ist heute dafür bestimmt, mit mir zusammen den Vormittag auf einer Parkbank zu verbringen und Menschen zu beobachten. Das tue ich für mein Leben gerne. Menschen beobachten. Was man dabei alles so sehen und herausfinden kann. Das heißt nicht, dass ich gerne andere Leute ausspioniere. Nein, ich gucke einfach gerne zu, was so in meiner kleinen Welt rings um mich herum passiert. Wer tut das nicht gerne?

So kommt es denn, dass ich kurze Zeit später auf einer Parkbank sitze, mit Blick auf einen kleinen Springbrunnen, umgeben von noch ruhiger morgendlicher Stimmung. Es ist ein wenig kühl. Doch spätestens in einer Stunde, wenn die Sonne mehr Kraft hat, wird es herrlich warm werden. Dann werden die Rosen, die rechts und links des Fußgängerweges gepflanzt wurden, in all ihrer Farbenpracht erstrahlen und durch die beginnende Wärme wird milder Rosenduft die Morgenluft durchziehen. Von meinem Sitzplatz aus habe ich einen perfekten Blick weit über den saftig grünen Rasen des Kurparks bis hin zu der beginnenden Fußgängerzone.

Es ist erst kurz nach 9.00 Uhr. Die meisten Geschäfte haben noch nicht geöffnet, lediglich Hundebesitzer schlendern schon des Weges. Schulkinder sind nicht mehr auf dem Schulweg zu sehen, die sitzen sicherlich bereits auf ihren Stühlen und lernen. Die anderen Bänke um den Springbrunnen herum sind noch unbesetzt. Ich genieße die Stille. Vogelgezwitscher, Wind in den hohen Baumwipfeln und ein morgendlicher Geruch nach noch feuchter Erde. Da sind jedoch noch andere Gerüche und Geräusche auszumachen. Mit geschlossenen Augen horche und rieche ich in den Morgen hinein. Brötchenduft, jedes Mal, wenn die Tür der Inselbäckerei sich öffnet und sich wieder schließt. Die Inselbäckerei ist nur einen Katzensprung von meinem Sitzplatz entfernt und ich kenne das Geräusch dieser Tür schon ziemlich genau. Geklapper von Kleintransportern, die Ware an die umliegenden Geschäfte liefern, das surrende Geräusch von Fahrradreifen auf Pflastersteinen, Briefträger und Zeitungsausträger sind bereits unterwegs. Eine Straßenkehrmaschine. Welch ein ungemütlicher Ton für meine Ohren. Ich öffne die Augen und sehe dieses Gefährt langsam die Straße entlangschlurren. Die beiden Bürsten zur Rechten und Linken schrubben die Straße frei von jeglichem Unrat, saugen alles, was nicht niet- und nagelfest ist, ein in den großen Magen dieses orangefarbenen Etwas. Muss das sein? Das stört absolut meine morgendliche beschauliche Idylle. Ich schließe wieder die Augen und träume mich hinweg in eine andere Zeit, zu der an Kehrmaschinen noch nicht zu denken war.

Es ist Samstagvormittag. Ich stehe mit einem Staubtuch hinterm Fenster und sehe meinen Vater mit einem Besen die Gosse kehren. Fragt man heute ein Kind, was denn wohl eine Gosse sei, da wäre ich gespannt auf die Antworten. Jedenfalls kehrt mein Vater die Gosse und ich schaue unbemerkt zu. Er hat einen ordentlichen Besen zur Hand. Einen Reisigbesen, selbstverständlich selbst gebunden in der Winterszeit, wenn Zeit zu solchen Tätigkeiten war. Nicht nur mein Vater fegt, sondern auch die Nachbarn sind bei der gleichen Arbeit zu sehen. Es ist eben Samstagvormittag und da wird die Straße akkurat gefegt. So gehört sich das für einen anständigen Haushalt. Ist der Schmutz zusammengekehrt, so kommt das Kehrblech zum Einsatz und sämtlicher Staub, Sand, kleines Unkraut, das sich erdreistet, zwischen den Pflastersteinen emporzuwachsen, verschwindet in einem weißen Emaileimer mit dunkelblauem Rand, Bügel mit Holzgriff. Ich werde ertappt, wie ich versonnen aus dem Fenster sehe, und sofort fliegt mich etwas an, es war wohl ein Wischlappen. Darüber brauche ich kein weiteres Wort verlieren, ich war gerade etwas faul und nachlässig, meine kostbare Zeit so zu vergeuden. Na gut, schnell gehe ich meiner Arbeit nach und wische ordentlich den Staub ab von Fensterbrettern, Regalen, Bilderrahmen, Tischen, Stühlen und sonstigem Mobiliar. Meine Mutter schrubbt die Fußböden und wird sie anschließend einwachsen mit Bohnerwachs. Um die verbummelte Zeit wieder aufzuholen, eile ich schnell ins Schlafzimmer und ziehe die Betten ab, putze dort ebenfalls Staub, öffne die Doppelfenster und lege die Betten zum Lüften aufs Fensterbrett. Ich beeile mich, da noch zwei weitere Schlafzimmer mit Saubermachen und Bettenabziehen dran sind und es bereits Spätvormittag ist. Einige Zeit später essen wir schon. Es gibt Pellkartoffeln und Spiegelei. Was Einfaches eben. Es ist ja auch nur Sonnabend. Nun ist einen Moment und auch nur einen Moment lang Mittagszeit. Man legt sich nicht etwa aufs Ohr oder lümmelt rum. Nein, ein jeder ruht sich sage und schreibe ein Viertelstündchen aus. Ich sitze auf der Kücheneckbank und gucke wieder einmal aus dem Fenster. Ich sehe, wie mein Großvater auf der Gartenbank sitzt und sich die Pfeife stopft. Ich sehe außerdem meine Mutter, sie sitzt mir gegenüber am Küchentisch und hat ihren Kopf aufgestützt. Gerade jetzt, in diesem Moment scheint sie einzunicken, denn ihr Kopf sackt ein wenig nach unten.

Ich wache auf. Ich sitze auf einer Parkbank vor einem Springbrunnen. Muss wohl eingeschlafen sein. Besser, ich genehmige mir einen Schluck Tee aus der Kanne. Was war das nur für ein Traum? Er war real, als wäre ich gar nicht hier auf der Bank, sondern in einer anderen Zeit. Aber nun aufgehört mit dem Schwelgen in Erinnerungen und Träumen. Was ist eigentlich um mich herum heute so los?

Es ist gar nicht mehr so ruhig. Die Stadt scheint zwischenzeitlich zum Leben erwacht zu sein. Vom nahe gelegenen Kirchturm schlägt es 10.00 Uhr. Da habe ich aber noch ein gutes Nickerchen gemacht! Gut, dass meine Handtasche noch da ist. Das ist ja auch nicht mehr selbstverständlich. Sind ja oftmals viele Langfinger unterwegs, die denken, dass Frauen in meinem Alter ihre gesamte Rente in der Handtasche herumtragen. Ich kann das für meinen Teil nicht behaupten. Am Monatsende bin ich zumeist blank, denn ich kaufe mir gerne mal eine Kleinigkeit oder gehe, wie man ja weiß, gern auch den einen oder anderen Tee trinken. Außerdem pflegte mein Vater immer zu sagen: »Hilde, das letzte Hemd hat keine Taschen!« Und nach diesem Motto habe ich es mir angewöhnt zu leben. Ich verstecke mein Geld weder zwischen meiner Bekleidung im Schrank noch spare ich auf Teufel komm heraus für meine Kinder, welche ich nicht habe.

Nachdem ich bereits mehr als eine volle Stunde auf ein und derselben Bank gesessen habe, brauche ich Bewegung, packe also meine Thermoskanne sowie meine Sitzunterlage in die Tasche und steuere in Richtung Strandpromenade, um zu sehen, welche Farbe das Meer heute Vormittag wohl haben mag. Es ist graublau mit hier und da weißen Schaumkronen auf den Wellen. Wunderschön. Die Sitzbänke hier sind in reichlicher Anzahl vorhanden und es sind auch bereits etliche Insulaner wie auch Touristen unterwegs und belegen die Sitzgelegenheiten, um darauf zu verweilen. Ich muss also ein wenig suchen, bis ich einen geeigneten Platz mit Sonneneinstrahlung finde. Nachdem ich meine Sitzunterlage aus der Tasche herausgeholt und mir es gemütlich gemacht habe, trinke ich erst einmal einen Schluck Tee. Nun möchte ich doch noch erwähnen, dass ich mir heute Morgen einen Earl Grey in die Kanne gefüllt habe. Das ist ein wunderbarer Geschmack und auch ein wirklich wohltuender Geruch. Es ist der Geruch nach Bergamotte. Dieser Tee ist mir absolut sympathisch und wie gemacht für mich auf meiner Insel.

Gerade bei meinem Blick über das Meer muss ich daran denken, wie vor langer Zeit bei einem Sturm auf hoher See eine Teeladung durcheinandergekommen sein und dabei das Öl der Bergamotte, eine Zitrusfrucht, sich über die Teeladung ergossen haben soll. Man erwog damals, diese gesamte Teeladung von Bord zu entfernen. Schön, dass der Tee vorher noch aufgegossen und probiert und für überaus gut befunden worden war. So kann ich heute hier auf meiner Bank sitzen mit Blick auf das Meer und die letzte Tasse dieses ganz vorzüglichen Tees genießen, denn nun ist meine kleine Thermoskanne leer. Nachdem ich mir den Tee habe schmecken lassen, die letzte Tasse ausgetrunken und diese sowie die Kanne wieder in meiner Tasche verstaut habe, schlendere ich nach Hause. Auf meinem Weg zurück in meine Wohnung überlege ich bereits, welches Essen ich mir denn zum Mittag bereiten könnte. Es ist gar keine lange Überlegung nötig. Wenige Zeit später stehe ich vor dem Herd und die Pellkartoffeln kochen in dem kleinen, alten, roten Topf und die Eier sind auf dem besten Wege, als Spiegeleier in der Bratpfanne zu landen.

Tee aus Goldrand

Es ist der erste Samstag im Monat, Lotte und ich sind auf dem Flohmarkt unterwegs. Einmal im Monat kommen hier auf unsere Insel Flohmarktbeschicker, um altes Altes und altes Neues unter die Leute zu bringen. Wir sind auf der Suche nach einer Goldrandtasse zu meinem Geschirr. Es ist ein Blümchengeschirr mit blauen Veilchen und zartgrünen Blättern und selbstverständlich einem bezaubernden Goldrand. Die Tassen sind unten schmal und werden oben breiter, leicht wie eine Feder und gegen das Sonnenlicht gehalten kann man den Tee hindurchsehen. Also alles in allem die perfekte Tasse für eine nachmittägliche Teezeit mit guten Freunden. Warum ich eine neue Tasse suche? Das ist ganz einfach zu erklären, ich hatte vier dieser seltenen Exponate und letzte Woche, ach Herrje, da fiel mir eine beim Abspülen aus der Hand und zerbrach. Wenn Helga, Lotte und Hinnerk kommen, kann ich schlecht drei gute Tassen auf den Tisch bringen und eine einfache Kaffeetasse dazu oder etwa eine neue Teetasse mit der alten Untertasse. Wie sieht das denn aus, was sollen denn meine guten Freunde von mir denken? Nein, das schickt sich nicht. Das Geschirr ist schon alt und ich bekam es vor langer Zeit einmal geschenkt. Ich weiß also auch nicht, wo es gekauft wurde. Lotte meint, es sei eine gute Idee, einmal auf dem Flohmarkt zu suchen, ob wir da eine geeignete neue alte Tasse mit dazugehörendem Unterteller finden. Obwohl ich den Unterteller der alten Tasse ja noch habe, aber es muss ja schon zusammenpassen. Vielleicht kann ich für diesen Unterteller noch eine andere Verwendung finden, vielleicht für Teegebäck.

Nun sind wir jedenfalls auf dem Flohmarkt unterwegs und ich kann schon sehen, die langen Tische, die sich hier auf dem Marktplatz aneinanderreihen, sind beladen mit allem, was man sich vorstellen kann oder sich auch nicht vorstellen möchte. Ebenso mit Goldrandgeschirr und zwar in jeder erdenklichen Art und Weise. Cremeweiß mit goldenem Rand oder mit goldenem Sternchenmotiv. Für die Sommernachmittage Blümchentassen mit Goldrand. Abendgeschirr gibt es dort auch zu finden. Teller, groß oder klein, tief oder flach, auch Suppentassen, Schüsseln, nicht zu vergessen die Kaffee- und Teekannen, kleinen Milchkännchen und natürlich die Soßieren. Diese sind in der heutigen Zeit nicht mehr so gefragt, genauso die Kaffeekannen. Sie erfüllen heutzutage offenbar nicht mehr ihren Zweck. Sind zwar schön anzusehen, aber sie halten den Kaffee eben nicht warm, außer man stellt sie auf ein Stövchen, ich hoffe, das kennt ein jeder, ich möchte es ja wohl meinen. Einfacher ist es jedoch, die Porzellankaffeekanne einfach auf den noch warmen Ofen zu stellen. Schön anzusehen ist sie dort mit ihrem Tropfenstopper, der sich wie ein kleiner Bart um den Gießer legt. Einiges mitgemacht hat sie, die alte Kanne, das Porzellan ist rissig geworden, sie hat schon etliche Jahre auf dem Buckel. Benutzt tagein, tagaus. So muss die Kanne es jeden Tag aushalten, den schweren Filter aufgesetzt zu bekommen, in den das heiße Wasser aus dem Wasserkessel hineingegossen wird. Dieser Geruch! Wunderbar, wie der Geruch die gesamte Wohnung durchzieht. Da kann ja eine schnöde Kaffeemaschine nicht mithalten, obwohl sie ohne andauernde Mithilfe den Kaffee herstellen kann. Niemand braucht daneben stehenzubleiben und Wasser in den Filter nachzugießen. Was man in dieser gesparten Zeit alles machen kann!

Aber ich merke schon, ich verliere mich wieder in einem anderen Thema. Wir sind ja gekommen, um eine Tasse zu suchen und zu finden. Gemütlich schreiten wir an den langen Ständen entlang und können uns gar nicht mehr sattsehen an den vielen verschiedenen Dingen, die hier zum Verkauf angeboten werden. Ich habe soeben das Gefühl, mein gesamter Küchenschrank und die Küchenschränke von Helga, Lotte und Hinnerk wurden hier auf diesem Tisch ausgebreitet, nein, ich würde sagen, unsere Wohnzimmer- und Tischwäscheschränke ebenfalls. Das ist ein beklemmendes Gefühl, da ich mich natürlich fragen muss, woher all die entzückenden Dinge wie Leinendecken, Emailletöpfe und Küchengerätschaften kommen!

Wie dem auch sei, wir gehen weiter und gucken und schauen, was es alles so gibt, immer noch auf der Suche nach einer geeigneten Tasse mit Untertasse. An einem über und über mit Porzellan- und Keramikgeschirr gefüllten Tisch werde ich endlich fündig. Inmitten der vielen Vasen, Kannen, Kisten und Kästen sehe ich zu meinem Erstaunen genauso eine Tasse, wie ich sie suche. Obwohl ich erst zwei Stunden auf den Beinen bin und das für einen Flohmarktbesuch noch nicht allzu lange ist. Jedoch habe ich bereits solch eine Unmenge überfüllter Tische gesehen, dass ich es kaum fassen kann. Da steht sie jetzt. Meine Tasse! Original meine Tasse, die mir heruntergefallen ist. Das ist kaum zu glauben. Doch wie könnte es anders sein im Hier und Jetzt? Ich kann diese eine Tasse leider nicht kaufen, da ansonsten das Geschirrservice dort auf dem Tisch nicht mehr vollständig wäre. Was für ein Pech! Ich könnte doch das gesamte Geschirr kaufen, rät mir Lotte, was ich jedoch für völlig unsinnig halte, da ich dann meine drei Tassen sowie weitere sechs Tassen und noch eine Teekanne, ein Milchkännchen und eine Zuckerdose hätte. Das wäre entschieden zu viel, was soll ich denn mit insgesamt neun Tassen? Dann brauche ich ein neues Regal, da weiteres Geschirr nicht in mein Küchenbuffet passt. Das geht also nicht. Nun ist guter Rat teuer. Noch unentschlossen gehen Lotte und ich erst einmal weiter. Wir gönnen uns eine Bratwurst, denn wir sind schon sehr erschöpft und so eine leckere braun gebrannte, frische Wurst im Freien gegessen ist einfach lecker. Holzbänke sind aufgeklappt unter den alten Buchen und wir nehmen gerne im Schatten Platz, denn es ist mittlerweile sehr sonnig und warm. Wir genießen das emsige Treiben um uns herum und beobachten die hin- und herschlendernden Menschen.

Inmitten der Menschen sehen wir eine blaue Fischermütze, langsam bewegt sie sich mit ihrem Besitzer zwischen den Menschenmassen hin und her von einem Stand zum nächsten. Nun verweilt die Mütze eine ganze Zeit vor einem langen, überfüllten Tisch, bis sie sich weiter den Weg durch die Menschenmengen bahnt. Es ist Hinnerk, nun hat er uns auch erblickt. Er strahlt! Mit einem kleinen Päckchen in der Hand kommt er auf uns zu und er reicht es mir. Ich wickle es aus und staune nicht schlecht. Es ist die Tasse. Genau die Tasse, die mir nicht gelungen ist zu kaufen. Ich bin gerührt. Dass unser guter Hinnerk sich ebenfalls heute auf die Suche nach meiner geliebten Tasse gemacht hat, das ist schon ein großer Freundschaftsbeweis. Für gewöhnlich sind es ja eher die Frauen, die stundenlang gucken und bummeln können, und falls ich es noch nicht erwähnt haben sollte, möchte ich dies hier gerne nachholen: Hinnerk bummelt und kauft nicht gerne ein. Wie er es geschafft hat, die Tasse zu erwerben, darüber will er auf keinen Fall sprechen und so fragen Lotte und ich auch nicht weiter. Wir haken unseren Mann unter und spendieren ihm eine Bratwurst. Diese Einladung nimmt er nach der Anstrengung des Suchens und Kaufens gerne an. Anschließend setzen wir uns langsam in Bewegung. Wir holen noch Helga ab, spazieren zu mir nach Hause und lassen es uns gut gehen bei einem Teestündchen mit vier Tassen mit Goldrand!

Schwarzer Tee mit Schuss

Eine richtige Familienfeier. Wer kennt das heute noch? Wer stellt heutzutage noch einen extra Tisch auf und verlängert die Tafel? Eine weiße, gestärkte Tischdecke, das gute Sonntagsgeschirr. Natürlich gibt es eine Suppe vorweg. Eine schöne klare Hühnerbrühe, nicht etwa Instantpulver schnell ins heiße Wasser. Nein, mit einem echten Huhn, geköpft, gerupft und ausgenommen. Mettbällchen und Eierstich, selbstverständlich wurde Letzterer in einem Einkochglas im heißen Wasserbad hergestellt. Die Eier natürlich von den eigenen glücklichen Hühnern, am Vortag gesammelt.

Hauptgericht, wie sollte es anders sein, Hühnerfrikassee mit Salzkartoffeln. Auf keinen Fall Reis, solchem neumodischen Krams. Dazu Erbsen und Wurzeln oder noch besser frischer grüner Salat, wenn die Feierlichkeit im Sommer stattfindet, mit süß-saurem Dressing, wie man heute so schön sagt. Wie sollte man anders meinen, selbst gemacht. Petersilie über den Kartoffeln ist nicht zu vergessen, das gibt dem Essen den letzten Schliff. Das Auge isst schließlich mit.

Wenn die Gesellschaft bis dahin lecker geschlemmt hat, gibt es noch einen Nachtisch. Ebenfalls aus eigener Herstellung, versteht sich. Eingelegtes Obst wie Kirschen, Pflaumen oder Sonstiges geht immer sehr gut, ist aber auch für eine Feier nicht das Richtige. Sehr zum Bedauern der Kinder, welche gern in den Keller gehen, mit der Aufgabe betraut, den Nachtisch auszusuchen. Aber heute eben nicht. Da muss schon der gute Schokoladenpudding her, verfeinert mit zuckerigem Eischnee, aber vorsichtig untergehoben. Und zu guter Letzt, einen klaren Schnaps. Nichts mit Kaffee oder Cappuccino gleich nach dem Essen. Kaffeetrinken ist später und Kuchen darf ja nicht fehlen. Aber gegen ein Schnäpschen zwischendurch ist nichts einzuwenden.

Für gewöhnlich plauschen die Gäste dann ein wenig. Der Herr des Hauses bietet eine Zigarre an. Rauchen war ja zu aller Zeit erlaubt. Die Gastgeberin, adrett mit einer weißen Schürze bekleidet, räumt artig den Tisch ab. Die Küchentür wird geschlossen und die Frauen waschen in einträglicher Freude das Geschirr ab und auch das Abtrocknen ist eine willkommene Abwechslung. Hier kann man doch mal den neuesten Klatsch und Tratsch anhören und weiterspinnen, ohne die hochgezogenen Augenbrauen der Männerwelt sehen zu müssen. Sind diese Tätigkeiten erledigt, gibt es einen Gang in die Gemeinde. Kinder aller Altersstufen sind hiervon nicht angetan, werden aber angehalten mitzugehen, was sie natürlich auch tun. Widersprechen ist verboten und würde lange Ohren nach sich ziehen.

Zur Kaffeezeit wieder ein geselliges Beisammensein, entweder am frisch eingedeckten Kaffeetisch in der guten Stube oder, wenn das Wetter es hergibt, unterm Pflaumenbaum am Gartentisch mit Spitzendecke. Gartenstühle mit grünem Metallgestell und weißer Holzsitzfläche. Heute sind diese Farbkombinationen wieder gern gesehene Gäste unter den Gartenmöblierungen, die an die gute alte Zeit erinnern. Was gibt es da alles zu entdecken auf dem Tisch? Kuchen mit Streusel und frisch geschlagener Sahne. Schon beim Zubereiten der Sahne mit Schneebesen oder bereits elektrischem Handrührgerät ist das Auslecken der Sahneschüssel jederzeit sehr beliebt bei Jung und Alt. Hervorragend ist ein Biskuitkuchen mit Ananas- und Pfirsichbelag. So etwas gibt es nur an Festtagen. Die Kinder haben einen eigenen Tisch und trinken Kakao oder selbst gemachten Fruchtsaft, außer sie sind bereits konfirmiert, dann darf's auch ein Tässchen Kaffee sein. Nun nur noch abgeräumt und aufgewaschen und schon sitzt man noch ein wenig nett zusammen, bevor die Dame des Hauses zumeist mit Hilfe in der Küche, das kann die Schwiegertochter oder die Tochter sein, das Abendessen vorbereitet. Es mag so gegen 19.00 Uhr sein, da trifft man sich wieder im Esszimmer und verspeist abermals Nahrung.

Herzhaft geht es her mit Wurst- und Käseplatte, Grau- und Schwarzbrot und ganz besonders, heute jedoch kaum gesehen, ist verzierte Butter. Entweder gezaubert in Kügelchenform oder mit Muster auf dem gesamten Butterstück. Das können Rauten oder Linien sein, je nach Belieben der Hausfrau. Von solch einem Butterstück nimmt man doch immer gerne, nicht wahr? Hierzu wird schwarzer Tee gereicht. Für die Kenner steht ein Kännchen Rum auf dem Tisch, wovon man einen kleinen Schuss in den Tee gießt.

Nun ist es mit der allgemeinen Nahrungsaufnahme auch einmal gut und man zieht sich in das Wohnzimmer zurück, nachdem die Damen den Tisch abgeräumt haben. Bei dieser Gelegenheit wird wieder einmal eine Zigarette oder auch eine gute Zigarre angeboten. Das teilweise bereits vernebelte Zimmer stört niemanden. Die Frauen genehmigen sich ein Likörchen und die Herren der Runde wohl etwas Stärkeres. Aber was ist mit den Kindern? Ja, da gibt es weiße und gelbe Brause. Lecker! Die Kinder sitzen artig dabei und hören den Geschichten der Alten und Weisen zu oder sie spielen Mikado oder Mensch ärgere Dich nicht. Es soll vorgekommen sein, dass in manchen Familien auf solchen Familienfeiern auch gesungen wurde, zu vorgerückter Stunde mit Inbrunst.

Aber auch eine noch so schöne Feier geht einmal zu Ende und man verabschiedet sich selbstverständlich von jedem Gast mit Handschlag, bringt ihn zur Tür und wartet, bis er aus dem Blickwinkel in die Dunkelheit verschwunden ist.

Eistee

Lotte hatte Migräne. Soeben rief sie mich an und entschuldigte sich, dass sie nun heute bei diesem schönen Wetter nicht mitkommen könne zu unserer geplanten Wattwanderung. Sie bedaure dies sehr, aber es gehe einfach nicht anders, sie müsse im Bett bleiben, die Vorhänge zuziehen und warten, bis diese schrecklich starken Kopfschmerzen vorübergingen. Sie sagte noch, dass sie nächstes Mal sicherlich wieder mit von der Partie sein werde, wir aber getrost ohne sie gehen könnten und uns nur keine Sorgen machen sollten. Das war mir zwar ein wenig unangenehm, denn nur sehr ungerne lasse ich eine gute Freundin allein zu Hause, wenn es ihr nicht gut geht. Aber so sei es nun denn einmal.

Gerade wollte ich meine Wohnung verlassen, da läutete abermals das Telefon mit diesem grässlichen Rasselton. Ich habe mir sagen lassen, ich könne doch einfach einen anderen Klingelton einstellen, aber so einfach scheint das nicht zu sein, denn diese Technik überfordert mich gänzlich. Vielleicht sollte ich einmal Hinnerk damit beauftragen, für ihn wäre das eine Leichtigkeit. Ich nahm also noch einmal den Hörer ab und musste feststellen, dass es sich bei dem Anrufer um Hinnerk handelte, welcher ebenfalls absagte. Man stelle sich einmal vor, er tauschte doch wirklich eine Wattwanderung bei gutem Wetter und strahlendem Sonnenschein und die Gesellschaft von drei netten Damen gegen einen Nachmittag vor dem Fernsehschirm, auf dem es irgendein Fußballspiel zu sehen gab! Ich war entrüstet, gab das natürlich nicht zu erkennen und ließ meinen Freund guten Gewissens in dem Glauben, dass es nicht schlimm sei, wenn er nicht mitkäme, und dass wir das selbstverständlich noch einmal nachholen könnten.

Helga rief nicht an, sie klingelte soeben an meiner Wohnungstür, da sie nun schon einige Zeit vor dem Haus auf dem Gehweg wartenderweise zugebracht hatte und sich wunderte, warum ich denn nicht kam. Sie war ebenso irritiert darüber, dass Hinnerk andere Interessen diesem Nachmittag vorzog, und bemitleidete im gleichen Atemzug unsere gute Freundin Lotte, welche nur allzu gerne dabei gewesen wäre. Wir überlegten noch einmal kurz, beschlossen aber dann unsere geplante Wattwanderung in die Tat umzusetzen, auch wenn wir nun nur noch zu zweit gingen.

Wir nahmen den Bus und fuhren zur Stelle, von welcher die Watttouren gewöhnlicherweise beginnen. Es liegt ein wenig außerhalb, daher nahmen wir den Bus; wären wir ein wenig jünger gewesen, hätten wir diese Entfernung wohl auf »Schusters Rappen« oder mit unserem Drahtesel zurückgelegt. Nun fuhren wir jedoch mit dem Bus und würden innerhalb einiger weniger Minuten am Ausgangspunkt für unsere Exkursion ankommen. Merkwürdigerweise waren wir die beiden einzigen Fahrgäste an diesem Nachmittag und der Busfahrer fuhr, als wäre er von allen guten Sinnen verlassen, was wir ihm schließlich nach einiger Überlegung auch sagten. Mit der Antwort, dass er das wisse, heute einfach unter Zeitdruck stehe und auch nur noch diese Tour fahre, beruhigte er uns nicht im Mindesten. Noch mehr beunruhigte uns, dass der hektische Fahrer uns nun fragte, was wir denn heute an diesem wichtigen Tag am Ausgangspunkt für Watttouren zu suchen hätten und ob wir gar nicht wüssten, dass alle Freizeittouren für den heutigen Nachmittag vom Inselkalender gestrichen worden seien. Das war uns vollkommen neu, das hatten wir überhaupt nicht mitbekommen. Zu meiner Schande muss ich gestehen, dass ich es heute Morgen versäumt hatte, die Inselzeitung, welche ich abonniert habe, zu lesen. Er fahre nur noch bis an den Endpunkt der Insel, dort sei dann Schluss für ihn. Zurück fahre er erst wieder nach Spielende. Spielende? Was bitte schön für ein Spielende? Der Busfahrer, er hieß übrigens Henno, er fährt immer diesen Bus an Wochenenden, war sichtlich genervt, holte einmal tief Luft und klärte uns nunmehr auf, dass doch am heutigen Nachmittag das Fußballendspiel stattfinde. Das sehe schließlich die ganze Insel und das sei wichtig.

Es kam dann tatsächlich so, dass wir am hintersten Teil der Insel, am Endpunkt der Busroute, bei einem Bistro in den Dünen aussteigen mussten. Wir hatten nun die Wahl, unseren Rückweg zu Fuß fortzusetzen oder aber zu warten, bis Henno uns wieder mit zurücknehmen würde. Wir entschieden uns für Letzteres. Das Dünenbistro quoll zu unserem Schrecken vor Menschenmassen über. Sämtliche Plätze im Bistro und auch außen waren belegt, ganz zu schweigen davon, dass mindestens noch einmal genauso viele Menschen in den umliegenden Dünen Platz genommen hatten. Eine Großbildleinwand war aufgebaut und zur Unterstützung der Gastronomie waren ein Fischbrötchen- und ein Bratwurststand aufgestellt worden sowie ein Getränkewagen. Es war laut und die Luft war mit seeuntypischen Gerüchen angereichert. Wir standen wie angewurzelt immer noch an der Bushaltestelle und überlegten, was nun zu tun sei.

Ja, mein lieber Hinnerk, Du wirst Dich freuen, wenn Du dies hier liest. Wir haben uns nach einigem Überlegen tatsächlich dazu entschlossen, uns ebenso unters Volk zu mischen. Was blieb uns denn auch anderes übrig? So kam es dann, dass wir zwischen angespannten Fußballfans in den Dünen saßen, deren Gemütsregungen wir überhaupt nicht nachvollziehen konnten. Wir waren also ebenfalls bei Deinem Spiel dabei, Hinnerk! Nach und nach machte es uns sogar ein wenig Spaß, so unter diesen nicht mehr ganz nüchternen Fußballfans zu sein, wir jubelten an den Stellen mit, an denen es scheinbar etwas zu jubeln gab, und ließen uns von unserem Busfahrer, welcher dann und wann nun doch ein Auge auf uns geworfen hatte, am Getränkestand mehrere leckere Eistees spendieren. Das war letztendlich das Beste am ganzen Nachmittag. Der Eistee! Das war der leckerste Eistee, den wir jemals getrunken haben, obwohl er an einem ganz gewöhnlichen Getränkestand gekauft wurde. Es war sicherlich kein frisch zubereiteter Tee, sondern einer, den man in großen Packungen in jedem Geschäft zu kaufen bekommt. Dafür war er jedoch abgefüllt in einen großen Becher mit Fußballmotiven und es gab einen Strohhalm und etliche Eiswürfel dazu. Das war einfach köstlich und schmeckte nach mehr. Bezahlen mussten wir diese Tees nicht, denn Henno, der sich an diesem Nachmittag wirklich um uns sorgte, spendierte uns einen nach dem anderen, um uns bei Laune zu halten. Ja, ich muss wirklich sagen, dass wir diesen Nachmittag genossen haben, obwohl wir nicht in den Genuss einer Wattwanderung gekommen sind. Nach unendlichen Stunden fuhr der Bus endlich wieder zurück in Richtung Stadt, vollgestopft mit aufgedrehten Fußballfans und wir mittendrin.

Helga und ich waren uns nunmehr einig, dass, wenn wir die Wahl gehabt hätten, inmitten dieses jubelnden Volkes oder aber vor dem kleinen Fernseher von Hinnerk das Fußballspiel sehen zu müssen, wir uns wohl für Hinnerks Fernsehstube entschieden hätten. Es ist immer noch besser, auf einem guten Stuhl zu sitzen, auch wenn dieser nicht viel Sitzkomfort zu bieten hat, als einen gefühlten ganzen Nachmittag im Dünensand. In jungen Jahren hätten wir wohl die Dünen vorgezogen. Wir könnten Eiswürfel selbst mitbringen. Ihre Herstellung ist nicht schwer, Eistee könnte gekauft werden oder gar, wenn ein gutes Rezept vorhanden sein sollte, selbst zubereitet. Sicherlich würde Hinnerk seinen Herd und seine Pfanne zur Verfügung stellen und wir könnten uns einige Bratwürstchen braten oder aber wir würden uns frische Fischbrötchen besorgen. Vielleicht sollten wir diese Idee mit Lotte und Hinnerk besprechen. Möglicherweise setzen wir diese neu entstandene Idee einmal in die Tat um. Denn es gibt immer ein nächstes Mal beim Fußball. Wie sagt man so schön? Nach dem Spiel ist vor dem Spiel.

Herbst

Die Tage werden kürzer, die Nächte länger. Das heißt, Menschen, Tiere und Pflanzen bekommen weniger Licht. Es ist die Zeit der frischen Morgenluft, immer noch ein wenig warm, und die Zeit des Morgennebels. Es ist die Zeit des Pflückens und Erntens, des Suchens und Sammelns. Es ist ebenso die Zeit des Malers, welcher seine sämtlichen roten, gelben und braunen Farbtöne über das Land verteilt, bis der Wind Blätter jeglicher Form und Größe auf eine Reise in alle Himmelsrichtungen verschickt.

Septembermorgen

Im Nebel ruhet noch die Welt,
Noch träumen Wald und Wiesen:
Bald siehst du, wenn der Schleier fällt,
Den blauen Himmel unverstellt,
Herbstkräftig die gedämpfte Welt
In warmem Golde fließen.

(Eduard Mörike)

Johanniskrauttee

Außerordentliche Teerunde! Es ist morgens 8.00 Uhr. Helga hat soeben einen Rundruf gestartet und uns telefonisch alle zu unserem Teehäuschen bestellt. Es klang ziemlich wichtig. Das muss es ja wohl auch sein, wenn sie uns so früh am Morgen schon zur Eile drängt. Doch so schlimm ist das auch wieder nicht, denn es ist ein schöner Morgen, die Luft ist noch unverbraucht, die Vögel zwitschern und es sieht so aus, als würde es ein sonniger Tag werden. Ich genieße also meine Wegstrecke.

Im Teehäuschen angekommen, trete ich durch die Tür. Ich bin die Letzte, Lotte und Hinnerk sind bereits anwesend. Helga selbstverständlich ebenfalls. Die drei sitzen am gewohnten Fensterplatz und haben noch keinen Tee bestellt. Das finde ich sehr ungewöhnlich, da es an anderen Tagen immer das Allererste ist, was wir tun, wenn wir hier eintreffen. Und warum hat das Teehaus überhaupt schon geöffnet? Ach, ich vergaß!

Während der Herbstsaison ist dies ein Service für die vielen Inselurlauber, welche sich nicht selbstständig ihr Frühstück bereiten wollen, sondern lieber mit Blick auf das Wasser bei einer guten Tasse Tee oder Kaffee sich bedienen lassen, streng nach dem Motto: »Man gönnt sich ja sonst nichts«.

Aber nun zurück zu meinen drei Lieben. Beim Eintreten in den Raum bemerkte ich sofort, dass irgendetwas nicht stimmte. Es lag so etwas nicht Greifbares in der Luft. Hinnerk und Lotte schauten sich unwissend an, Helga starrte aus dem Fenster und schien abwesend zu sein. Ich sah nun auch nach, ob irgendetwas zu erblicken war. Doch ich entdeckte nichts, einfach gar nichts. Obwohl nichts wohl nicht richtig ist, denn dort war friedliches Meereswasser, ohne jegliche Schaumkrone, kein Fährschiff und kein Kutter war zu sehen, nur die blanke See bis zum Horizont. Was also war mit Helga los? Nachdem ich mich meiner Herbstjacke entledigt hatte, Herbstlaub auf grünem Grund in Wolloptik, todschick, setzte ich mich an den kleinen Tisch, an den noch freien Platz der sichtlich verstörten Helga gegenüber. Sie bemerkte meine Gegenwart und sah mich an.

Mir entfuhr ein »Mein Gott, wie siehst Du denn aus?« Sie sah wirklich schlecht aus heute Morgen. Ihr Gesicht war grau, wie ich es lange nicht bei ihr gesehen hatte, die Falten schienen seit unserem Treffen vor zwei Tagen tiefer geworden zu sein und sich vermehrt zu haben. Geht das überhaupt so schnell? Zu meinem und dem Erschrecken meiner lieben Lotte und des lieben Hinnerk war Helga überhaupt nicht zurechtgemacht. Wie war sie nur anzusehen? Der Dutt war schief und nur notdürftig festgesteckt, Haarsträhnen hingen ihr wild ins Gesicht und wie hatte sie sich denn nur angezogen? Was war denn das für eine Jacke, die hatte ich noch nie bei ihr gesehen. Es war grün-blaues Karo mit Stehkragen. Es sah aus, als hätte sie eine Herrenjacke an, aber wo sollte sie diese denn herbekommen haben? Gespannt und ruhig saßen wir am Tisch und warteten auf eine Erklärung, warum wir schon so früh zusammengerufen worden waren.

Endlich ergriff Helga das Wort. Das wurde aber auch Zeit! Doch wir verstanden nichts, sie sprach einfach zu leise. War sie erkältet und hatte keine Stimme? Das konnte ja wohl nicht sein, denn vorgestern war sie ja noch kerngesund. Der zweite Versuch, ihre Worte zu verstehen, missglückte ebenfalls und nun gab ihr Hinnerk durch einen ordentlichen, kameradschaftlichen Schlag auf die Schulter zu verstehen, dass wir ihre besten Freunde waren, sie sich uns doch mitteilen möge und wir so lange hier am Tisch sitzen blieben, bis wir wussten, was geschehen war, da ihr offensichtlich eine große Laus über die Leber gelaufen war. Nun denn: Helga spuckte die Worte geradezu heraus und noch dazu so laut, dass sämtliche Frühstücksgäste es hören konnten: »Ich bin zu fett. So, nun ist es heraus. Ich bin einfach zu fett!«

Wir schauten uns gegenseitig an und versuchten noch unsere Contenance zu bewahren. Dieses Wort benutzte Helga nur zu gerne und an dieser Stelle war es einfach passend. Doch nur einige Sekunden später gab zuerst Hinnerks Gesichtsstarre nach, sodann verzog sich mein Gesicht in die Waagerechte, bis schließlich auch Lotte nicht mehr an sich halten konnte und wir gemeinsam in ein schallendes Gelächter ausbrachen. Wir konnten uns kaum beherrschen und es dauerte Minuten, ehe wir uns wieder den nötigen Respekt gegenüber Helga abringen konnten. In einer normalen Gemütsverfassung hätte Helga nun mit eingestimmt in unsere Lachsalven, jedoch nicht heute. Sie saß zusammengesunken, wie ein Häufchen Elend, auf dem schönen, mit rotem Samt bezogenen Stuhl, mit Armlehnen wohlgemerkt, und sie weinte. Ganz leise rollten ihr kleine, kaum sichtbare Tränen die Wangen herunter. Das war das Allerschlimmste, nein, ich will sagen, das waren die allerschlimmsten Tränen, die jemand vergießen konnte. Die kleinen, lautlosen, kaum kenntlichen. Kein Schluchzen, kein Schniefen, rein gar nichts. Lediglich traurige Augen, gefüllt mit noch traurigeren Tränen. Uns stockte bei Helgas Anblick der Atem und augenblicklich waren wir verstummt.

Lotte ergriff das Wort und flüsterte leise über den Tisch: »Was ist denn nur passiert?« Jetzt war es so weit und wir bekamen einen Einblick in den für Helga so furchterregenden Morgen.

Noch bis vor eineinhalb Stunden ging es ihr wunderbar. Eigentlich hatte sie heute früh nur einen Kontrolltermin bei ihrem alten Hausarzt. Der planmäßige Check-up war dran, welchem sie sich einmal pro Jahr unterzieht. Wie ich schon ganz zu Anfang an anderer Stelle erwähnt habe, war Helga die Jüngste in unserem Bunde, zur Erinnerung, sie ist erst 70 Jahre alt und noch fit. Naja, vielleicht hatte sie in den letzten Monaten etwas zugelegt. Sie sprach einmal davon, dass sie nun doch bald wieder mit uns aufs Festland fahren wolle, da sie einige neue Hosen und Röcke brauche. Ich nahm an, dass ihre Hosen und dergleichen wohl einfach eingelaufen waren oder verschlissen, aber anzunehmen, sie passe nicht mehr hinein, dieser Gedanke lag mir gänzlich fern. Ich für meinen Teil habe es optisch nicht feststellen können, dass da einige Gramm zu viel die Waage runterdrücken sollten. Das musste ihr Arzt am Morgen anscheinend anders gesehen haben, dieser ungehobelte Kerl, jawohl, ein wirklich grober Mensch. Grob natürlich nur in Bezug auf seine Ausdrucksweise, welche oftmals zu wünschen übrig ließ. Grob in anderer Form, das entzieht sich meiner Kenntnis und kann ich an dieser Stelle nicht beurteilen. Zumindest musste sich die arme Helga heute in dieser schönen Morgenidylle auf einem Trimmrad in einem, wie sie sagte, stickigen, von Arztpraxisluft geschwängerten Raum abstrampeln. Sie tat ihr Allerbestes und trat in die Pedale.

Nach anschließendem Wiegen, Abklopfen, der Blutabnahme und letztendlich dem Blutdruckmessen hatte ihr Dok lediglich nur diese Worte für sie übrig: »Tja, meine Liebe, dein Blutdruck ist viel zu hoch und du bist einfach zu dick geworden!« Dieser Satz, begleitet von einem Kopfschütteln des Arztes einerseits und dem Naserümpfen der ollen Sprechstundenhilfe andererseits, brachte Helga vollkommen aus der Fassung. Sie erzählte, dass sie sich nur noch daran erinnern konnte, wie sie in ihre Hose sprang, denn unsportlich ist sie ja nicht, in die Schuhe schlüpfte und türenknallend den Behandlungsraum verließ, ohne zu vergessen, ihrem Arzt, nein, ihrem Ex-Arzt noch die passenden Worte entgegenzuschleudern. Diese Worte wollte sie für uns nicht wiederholen. Wir vermieden es auch, weiter darauf einzugehen, da es sich schon um das Äußerste handeln musste, was Helga jemals an Schimpfwörtern parat hatte. Sie meinte, sie sei wie ein Wind durch das Wartezimmer geschossen, habe ihre Jacke vom Haken gerissen und sei hierher geeilt, um uns anschließend sofort mit dem Haustelefon unseres Stammcafés, wenn ich es einmal so nennen darf, anzuklingeln. Die Jacke, welche sie in ihrer Eile mitgenommen hatte war einfach hässlich. Aber das merkte sie gerade erst jetzt in diesem Moment. Angeekelt zog sie sie soeben aus und trug sie zwischen Daumen und Zeigefinger geklemmt zur Garderobe, um sie dort über einen Haken fallen zu lassen.

Da endete ihre Erzählung mit einem einfachen: »So war das!«

Ich war erschüttert, nicht etwa darüber, welchem Stress meine gute Freundin heute früh ausgesetzt war, nein, schlichtweg über die Frechheit, mit welcher ein Mensch es sich herausnahm, einer gestandenen, hübschen, nicht mehr ganz so jungen Dame zu sagen, sie sei zu dick.

Selbst wenn es so wäre, wenn sie nun wirklich zu dick wäre, selbst das rechtfertigte doch nicht diese Wortwahl! Außerdem, wer hat denn überhaupt zu entscheiden, wann ein Mensch schlank genug oder groß genug, zu klein oder zu dick ist. Wer setzte diese Maßstäbe fest? Nun waren wir mitten in einer hitzigen Morgendiskussion angekommen, Helga beteiligte sich noch nicht, sie saß einfach nur da. Wir drei Ausgeschlafenen waren wie angestochen und versuchten zu ergründen, wie die Welt heutzutage funktioniert. Dies können wir selbstverständlich nicht ohne Tee. Also ließen wir uns erst einmal einen schönen Tee aufbrühen, für Lotte einen Englisch Breakfast, für Hinnerk einen Schwarztee mit Wildkirschgeschmack, für mich einen schlichten Friesentee, nur schwarz, und für die gute Helga einen Johanniskrauttee.

Diesen ganz besonderen Tee sollte man sich einverleiben, wenn die Nerven blank liegen, die Tränendrüsen vollkommen überfordert sind und die depressive Verstimmung bald in alle Winde vertrieben werden soll. Jetzt dampften die Tassen auf dem Tisch, mehr brauchten wir nicht. Doch, vielleicht noch einige kleine Schwarzbrotscheiben, bestrichen mit guter Butter, belegt mit frischem Krabbenrührei. Das brachte auch den absolut verstörten Geist der Helga wieder auf Vordermann.

»Und?«, fragte Hinnerk. »Wie funktioniert jetzt die Welt?«

Wir waren überzeugt, dass uns mit unserer geballten Lebenserfahrung kein noch so guter Arzt etwas vormachen kann, und da musste sogar Helga zustimmen. Haben wir nicht schon so allerlei im Leben gesehen? Wie war das damals, als die Häuser noch große Gärten hatten und jeder in der Familie seinen Platz ausfüllte und der Garten bestellt werden musste. Was gab es da nicht alles für frische Gemüse-und Obstsorten? Haben wir nicht das Vieh morgens versorgt? Ob es nun Hühner, Enten, Schweine oder andere Tiere waren, ist vollkommen zweitrangig. Jedenfalls war es glückliches »Viechzeug«, so Hinnerks Slang. Letztendlich wusste man genau, was auf dem Teller landete. Bio durch und durch. Natürlich gehen wir heute auch auf den Markt und versuchen so gut wie möglich uns gesund zu ernähren, aber mal ganz ehrlich: Wie viel kauft schon eine einzelne Person? Bei einem Beutelchen Möhren gibt es dann tagelang Möhrensuppe. Da ist der Griff zur Tütensuppe schnell gemacht. Über Fleisch brauchen wir uns gar nicht lange zu unterhalten, wer sagt, dass es wirklich Fleisch ist, was ich abgepackt kaufe? Haben wir uns alle nicht schon einmal den Spaß gemacht, die Inhaltsstoffe auf abgepackten Lebensmitteln zu lesen? Man glaubt gar nicht, was da in einer kleinen Tüte alles drinsteckt. Jetzt driftete das Gespräch allerdings ab, denn Lotte meinte, Helga hätte wirklich etwas zugelegt. Helga war entrüstet. Doch Lotte ließ sich nicht beirren und meinte, dass es ja wohl erwiesen sei, dass die Menschheit weniger fettes Fleisch essen würde, wenn sie einmal ein Schwein hätte schlachten müssen. Wer einmal das hohe Quieken in den letzten Lebenssekunden eines Tieres gehört hat, der achtet später das Essen und geht sparsam damit um.

Ich, Hilde, kann mich gut daran erinnern, wie es ist, wenn einem Tier das letzte Stündlein geschlagen hat. Als ich noch klein war, habe ich mir die Bettdecke über die Ohren gezogen, bis es vorbei war. Das hielt mich jedoch nicht davon ab, das Blut in einem großen Topf zu rühren und später die frische Blutwurst auf einer leckeren Scheibe frischem »Graubrot« zu essen. So ist eben das Leben. Ich vergaß, »Graubrot« sagt man heutzutage nicht mehr. Da gibt es derzeit Unmengen verschiedener Sorten Brot, Korbbrot, welches nicht wirklich angibt, was es für ein Brot ist, außer dass es anscheinend in einem Korb liegen kann oder gelegen hat. Schwarzbrot, Körnerbrot en masse. Kein Mensch braucht so viele Brotsorten, aber das ist ein anderes Thema.

Letztendlich sind wir uns nach der zweiten großen Tasse Tee, einem »Kümpen«, wie wir zu sagen pflegen, einig, dass Helga nicht zu dick war, sondern gerade richtig, so wie sie war. Helgas Gemütszustand war weitestgehend wiederhergestellt, entweder durch unsere Anwesenheit oder das Trinken des nervenberuhigenden Johanniskrauttees.

Des Weiteren waren wir uns darüber eins, dass ihr Hausarzt, der nun nicht mehr ihr Hausarzt sein durfte, ein Problem hatte und wir in einer Gemeinschaftsaktion einen Leserbrief für die Inselzeitung schreiben würden zum Thema »Wie gehe ich mit meinen Mitmenschen um?«.

Hinnerk setzte dem noch die Krone auf und meinte, er könne es sich durchaus vorstellen, von seinem Ersparten, er habe noch etwas auf der hohen Kante, einen kleinen Schrebergarten zu pachten, in dem ein Mirabellenbaum und ein Sauerkirschbaum ihre Plätze finden könnten. Außerdem wäre es uns möglich, nach einigem mühevollen Arbeiten frisches Gemüse selbst zu ernten, wie in früheren Zeiten. Von dem sportlichen Faktor einmal ganz abgesehen, sei das ein wundervoller Gedanke, da waren wir uns wieder einmal vollkommen einig. Wir würden sehen, ob wir Manns genug waren, diese neuen Ideen in die Tat umzusetzen. Aber sollte es nicht klappen, war allein der Traum davon schon eine Bereicherung.

Frauenmanteltee

Immer noch Herbst. Es könnte ein goldener Oktober sein, aber davon möchte dieses Jahr der Oktober wohl nichts wissen. Stattdessen stürmt es bereits die ganze Nacht. Ich habe kaum geschlafen. Regen klatscht an mein Schlafzimmerfenster. Ich sehe auf den Wecker. Es ist erst 6.30 Uhr. Das ist entschieden zu früh zum Aufstehen. Für gewöhnlich stehe ich erst gegen 8.00 Uhr auf. Das Telefon klingelt. Ich mühe mich aus dem noch kuschelig warmen Bett und nehme den Hörer ab. Es ist Lotte. Sie sagt es zumindest. Von der Stimme her kann ich sie kaum erkennen. Sie krächzt nur.

Ich lausche in den Hörer hinein und vernehme ein leises: »Hilde, bist du schon wach?«

Wie im Traum höre ich mich selbst antworten: »Natürlich, selbstverständlich.«

Ich bin zwar noch im Nachthemd und wollte mich gerade noch einmal auf die andere Seite drehen und eine Mütze voll Schlaf nehmen, aber das sage ich ihr nicht.

Das Krächzen fragt: »Kannst Du mal eben vorbeikommen und irgendwas mitbringen, was mich wieder flott macht? Mir geht es gar nicht gut.«

Manchmal wird man eben unerwartet in den neuen Tag hineingeworfen. So wie es aussieht, liege ich heute nicht mehr im warmen Bett und genieße den Morgen. Stattdessen beruhige ich Lotte, sage ihr, dass sie noch im Bett liegen bleiben soll, ich mich jetzt schnell anziehe und ihr etwas zum Gesundwerden vorbeibringe. Sie ist dankbar. Ich erkenne das daran, dass nur noch ein tiefer Seufzer und ein einfaches Danke aus dem Hörer kommen. Dann legt sie auf.

Gewaschen und angezogen bin ich schnell. Ich brauche nicht, wie andere Damen meines Alters, mindestens eine halbe Stunde, um mich sehen lassen zu können. Ich halte nichts von zu viel Spachtelmasse im Gesicht oder Cremes, die versprechen, Falten zu glätten. Ich frage mich schon seit längerer Zeit, wozu das nütze sein soll. Warum sollte ich meine Falten verstecken? Gehört habe ich, dass heutzutage sogar betuchte Frauen oder Frauen, die lange Zeit gespart haben, sich die Falten unterspritzen oder sich liften lassen. Auf keinen Fall werde ich solche Marotten anfangen. Dass ich Falten habe, das weiß ich und es ist doch schließlich mein Gesicht. Wer es nicht sehen möchte, kann ja gerne wegschauen.

Einem Baumstamm schält man ja, wenn er in die Jahre gekommen ist, auch nicht die Rinde ab, nur weil sie zu grob geworden ist. Nein, man sagt: »Was für ein schöner alter Baum.«

Nun bin ich also angezogen, essen brauche ich noch nichts, Tee koche ich mir bei Lotte. Ein Blick in meine Medikamentenschublade sagt mir sofort, dass ich wieder gar keine Medikamente zu Hause habe, außer dem Notwendigsten wie Pflaster und eine Packung abgelaufene Sportsalbe. Das ist nicht viel. Ich sehe in meinem Küchenschrank nach und greife verschiedene Sorten Tee aus meinem Sammelsurium. Dann kann die Lotte sich aussuchen, welchen Tee ich ihr aufbrühen soll. Wird schon etwas zum Gesundwerden dabei sein. Wettermäßig gut eingepackt in meinem Parka, Kapuze hoch, Tasche umgehängt. So mache ich mich auf den Weg zu Lotte. Es sind nur ein paar Straßen, ich werde in einigen Minuten dort sein. Das nasskalte Regenwetter macht mich vollends wach und ich freue mich auf eine warme Tasse Tee.

Der Wohnungsschlüssel steckt von außen. Ich brauche nur aufschließen und hineingehen. Das tue ich. Lotte sitzt aufrecht im Bett. Abgestützt durch unzählige Kissen und zugedeckt mit mindestens vier Decken, einer Bettdecke und drei Wolldecken. Als sie mich erblickt, geht ein freudiger Ausdruck über ihre Augen, doch als sie den Mund öffnet, um mich zu begrüßen, kommt kein einziger Ton heraus. Die Stimme scheint nun endgültig verschwunden zu sein. Das ist schade für sie, aber ich sehe das mal positiv. Ich werde einen ruhigen Vormittag haben. Als Allererstes reihe ich meine mitgebrachten Teesorten auf Lottes Bettdecke auf und bitte sie darum, sich einen auszusuchen. Ich lasse ihr etwas Zeit, in welcher ich bereits den Wasserkessel fülle und auf den Herd stelle sowie zwei Tassen aus dem Küchenschrank heraussuche. Gerne hätte ich Lotte eine schöne Tasse mit einem lustigen Aufdruck gegeben, um sie ein wenig aufzumuntern. Aber leider besitzt sie solche Tassen nicht. Lotte hat in ihrem Küchenschrank nur einfarbige Tassen, Teller und anderes. Sie ist sehr strukturiert und alles steht in Reih und Glied. Wenn ich da an meinen Küchenschrank denke! Ich nehme eine weiße und eine dunkelblaue Tasse aus dem Schrank. Das sind übrigens die einzigen Farben, die sich im Schrank finden lassen, wobei zu sagen ist, dass aus fachlicher Sicht betrachtet Weiß gar keine Farbe sein soll. Das ist nicht meine persönliche Meinung. Ich finde die Farbe Weiß sehr schön.

Nun zurück zu Lotte. Was mag sie sich ausgesucht haben? Beim Eintreten in das Schlafzimmer streckt sie mir die Teebüchse mit Frauenmantelblättern entgegen. Damit hätte ich nicht gerechnet, eher habe ich an Kamille oder Pfefferminz oder auch Fenchel gedacht. Aber wenn es denn Lottes Wunsch ist, dann soll es so sein. Ich werde mir ein Teelöffelchen guten schwarzen Tee in meine Tasse tun, den habe ich auch mitgebracht, man kann ja nie wissen, was Lotte so zum Gesundwerden benötigt. Außerdem bin ich ja nicht krank und schwarzer Tee macht mich morgens munter und das kann ich heute Morgen gut gebrauchen. Nachdem der Tee in die Tassen gefüllt ist, sitze ich auf Lottes Bettkante und wir gucken uns an. Es ist doch gut, wenn man gute Freunde hat und sich einmal helfen kann. Da Lotte nun nicht sprechen kann, denke ich mir, dass es wohl das Beste sein werde, sie ein wenig zu unterhalten, bis sie müde genug ist, um ein bisschen zu schlafen. Ich erzähle ihr dies und das zur Herkunft des Frauenmanteltees. Dass diese Pflanze ein Rosengewächs ist und auch hier auf der Insel in den Vorgärten steht. Natürlich auch, dass sie schön anzusehen ist und gelegentlich ebenso in Blumensträußen ihren Platz findet. Ab und an frage ich sie etwas in meinem Redefluss. Aber Lotte kann eben nicht antworten und hört einfach nur zu. Für Frauenbeschwerden, aber auch bei Erkältungserscheinungen sowie anderen Wehwehchen ist der Frauenmantel schon seit langer Zeit bekannt und aus der Teehistorie nicht wegzudenken. Heute wird er eher mit anderen Teesorten gemischt und sehr selten als Einzeltee verkauft. Wie die Frauenbeschwerden heute Morgen mit Lotte in Einklang zu bringen sind, ist mir unbegreiflich. Aber ich nehme einmal an, dass sie in früherer Zeit diesen Tee wohl auch bei Erkältung getrunken hat. Wenn es denn hilft, ist es ja gut.

Die Pflanze an sich ist sehr schön anzusehen. Grüne Blätter, die sich in Falten legen. Die unteren Blätter beschützen sozusagen die oberen, neu wachsenden, noch kleinen Blättchen. Wie bei einem Mantel perlt Wasser an den Blättern ab. Es ist eine Pflanze, die sich eher bescheiden in das Gartenbild einfügt, nicht hervorsticht. Auch wenn die Blütezeit gekommen ist, ist sie eher zurückhaltend. Die kleinen gelben Blüten an einem schmalen Stiel ebenfalls mit kleinen aufgefalteten Blättern drängen sich nicht in den Vordergrund. Nur zu Recht hat diese Pflanze den Namen Frauenmantel erhalten. Wie sagt man so schön? Das passt wie die »Faust aufs Auge«. Das ist ja nicht so passend für eine Blume, aber passend für viele Frauen auf unserem Erdball.

Frauen, die beschützend ihren Mantel über alles breiten, was nicht an die Öffentlichkeit dringen soll. Jegliche Anfeindungen perlen von diesem Mantel ab wie Wassertropfen. Es war ein Schutz auch für die Frauen selbst. Wie es im Inneren einer jeden Frau aussah, das ging niemanden etwas an. Es musste der Schein gewahrt werden. Das war »gang und gebe« in früherer Zeit, über die heutige Zeit kann sich ein jeder selbst seine Gedanken machen. Frauen setzten sich schon vor langer Zeit als Beschützer mit viel Ausdauer für ihre Mitmenschen ein. Sie fühlten sich jederzeit zuständig, Kinder in ihrem Schutz aufwachsen zu sehen und auf den richtigen Weg zu bringen. Sie standen Männern, insbesondere in früheren Zeiten, zur Seite und begnügten sich damit, nur als Hintergrundbild zu sehen zu sein, aber wenn es darauf ankam, warfen sie sich wie eine Löwin zum Schutz vor die Familie.

Lotte schaut mich aus ihren großen übernächtigten Augen an und nickt nur. Schweigend sitzen wir beide uns gegenüber. Ich immer noch auf der Bettkante. Es dauert einige Minuten, bis Lotte mir durch eine Handbewegung zu verstehen gibt, ich möge doch weitererzählen.

Also dann grabe ich noch ein wenig in meinen Erinnerungen und erzähle ihr ein wenig aus längst vergangenen Tagen. Ich erzähle ihr Lustiges und Nachdenkliches, was mir gerade so einfällt, bis Lotte mit der Tasse in der Hand eingeschlafen ist. Dann hatte der Tee ja seinen Erfolg oder waren es meine Geschichten oder meine Gesellschaft? Wie dem auch sei. Ich schleiche mich aus dem Zimmer, brühe nun eine ganze Kanne Frauenmanteltee auf. Wie die Kanne ausieht? Es ist eine dunkelblaue Kanne. Es gibt im Schrank eine weiße und eine dunkelblaue Kanne. Ich stelle eben diese dunkelblaue Kanne auf ein Stövchen, zünde noch die kleine Kerze unter dem Stövchen an und setze mich in den großen, gemütlich aussehenden Sessel, der zum Fenster gewandt steht, mit Blick auf den Deich.

So muss ich wohl eingeschlafen sein, denn als ich aufwache, hat der Sturm draußen aufgehört zu brausen und der Regen hat sich ebenfalls verabschiedet. Lotte schläft noch. Der Tee auf dem Stövchen ist noch warm und wartet darauf, von ihr getrunken zu werden. Ich nehme einen kleinen Zettel, auf dem ich meiner Freundin noch einige nette Worte schreibe. Leise verlasse ich die Wohnung, kaufe auf dem Heimweg einige Lebensmittel ein sowie Hustenbonbons, um am Nachmittag noch einmal nach meiner guten Freundin zu sehen, ob es ihr denn besser geht.

Tatsächlich, es muss so gegen 15.00 Uhr gewesen sein, als ich Lotte einen erneuten Besuch abstatte. Da geht es ihr schon viel besser. Dankbar nimmt sie die Hustenbonbons entgegen. Sie hat zwischenzeitlich ihre Stimme wiedergefunden und wir sitzen noch einige Zeit zusammen und trinken Tee. Sie können sich vorstellen, welche Sorte Lotte wohl getrunken hat, und sie erzählt mir, warum sie am Morgen gerade diesen, den Frauenmanteltee, ausgewählt hat. Sie bittet mich jedoch darum, darüber den Mantel des Schweigens zu breiten, und das tue ich an dieser Stelle auch. Wer weiß, vielleicht mag Lotte ihre Geschichte einmal selbst erzählen.

Hagebuttentee

Teerunde am Morgen. Es ist gerade einmal 9.30 Uhr und wir vier sind schon wieder auf den Beinen, um uns zu treffen. Gefrühstückt hat ein jeder schon für sich allein zu Hause, nur der Vormittagstee, der wird zusammen genossen. So kommt es, dass wir vor unserem Teehäuschen stehen und feststellen, dass es wegen Umbauarbeiten geschlossen hat. Das ist äußerst schade, da es dort immer sehr gemütlich ist und wir einen wundervollen Ausblick auf das Wasser und den weiten Strand haben. Aber es lässt sich nicht ändern, es ist nur zu hoffen, dass unser Teehaus durch den Umbau nicht seine Gemütlichkeit einbüßen muss. Aber das werden wir in Kürze wohl feststellen können. Wenn ich es entscheiden könnte, würde ich den Wänden des Teehäuschens zwar einen neuen, frischen Anstrich verpassen, aber den friesischen Stil beibehalten. Wer sitzt schon gerne auf einer Insel im Norden in einer Teestube mit fernöstlichem Stil? Doch mich fragt ja niemand, so bleibt es mir nur vorbehalten, es hier niederzuschreiben, was ich über solch einen Umbau denke. Kurzerhand sind wir schließlich zu Lotte gegangen, in ihr weiß verputztes Einfamilienhaus, in welchem sie bereits seit etlichen Jahren allein wohnt. Dort gab es Hagebuttentee aus Teebeuteln. Es war kein anderer Tee mehr im Haus. Lotte hatte vergessen einzukaufen. Aber dieser Tee erfüllt ja auch seinen Zweck. Also Wasserkessel angestellt, mehrere Beutel in die blaue Kanne und aufgegossen. Nun nur noch einige Minuten ziehen lassen, damit nicht nur die Farbe stimmt, sondern auch der Geschmack. Verfeinert mit etwas Zucker, aber nicht zu viel, dann ist es perfekt.

In Erinnerung schwelgend beim Anblick des herrlichen Rottons des Tees, beginnt Lotte sogleich ungefragt zu erzählen von einer Zeit, in der Sammeln, Pflücken, Suchen und Finden noch gang und gebe war:

»Hagebutten, kräftig rot und dick. Im Herbst leuchteten sie schon von Weitem dem Spaziergänger entgegen. Oder eben dem Pflücker. Da waren Familien mit dem Fahrrad in Feld, Wald und Wiese unterwegs, ausgerüstet mit einem Eimer mit Henkel, um ihn am Gürtel zu befestigen, wegen des besseren Pflückens. Hagebutten galt es vorsichtig zu pflücken, da, wie wir alle wissen, Dornen in Pullovern und Hosen oder Jacken unschöne Löcher hinterlassen. Gleiches gilt selbstverständlich für Brombeeren, aber von denen ist nun hier nicht die Rede. War der Eimer voll, wurde noch geholfen, andere Eimer bis zum Rand zu füllen. Erst dann machte man sich auf den Heimweg.

Zu Hause angekommen, war an Ausruhen erst einmal nicht zu denken. Die herrlichen Früchte waren abzuwaschen und die Blütenreste vorsichtig mit einem Messer und, sofern noch vorhanden, der Stiel an den Enden zu entfernen. Nun ging es an das Kleinschneiden und Mörsern der Früchte. Nicht daran zu denken, was gewesen wäre, wenn es zu dieser Zeit bereits einen elektrischen Zerkleinerer gegeben hätte. Was wäre das für eine enorme Arbeitserleichterung gewesen! Das spielt jedoch nun keine Rolle. Ein Mörser musste her und sämtliche geschnittenen Früchte mussten nach und nach zerkleinert werden, damit sie anschließend auf dem Ofen vorsichtig auf Zeitungspapier liegend getrocknet werden konnten. Nachdem die Vorbehalte gegenüber dem neuen Backofen ausgeräumt waren, wurde auch dieses Gerät nun zum Trocknen benutzt, wobei diese Möglichkeit sich als viel schneller erwies. Es brachte eine erhebliche Zeitersparnis mit sich. Endlich fertig mit der Arbeit, konnte der Tee ordentlich in Dosen abgefüllt und an einen trockenen Ort zur Aufbewahrung gestellt werden. Also niemals in den Keller damit! Dann wäre alle Arbeit umsonst gewesen.

Tief aus meiner Erinnerung heraus kann ich mich an das Bild eines Hagebuttentees erinnern, getrunken aus einer Tasse ohne Henkel, eingegossen aus einer gelben Kanne ohne Deckel, trotzdem wohlschmeckend und lecker. Ein kleiner Esstisch ohne Tischdecke, eine alte Dame in Kittelschürze, eine tief hängende Küchenlampe, der Vorhang vor dem Fenster noch halb zurückgezogen, um das Tageslicht noch auszunutzen, bevor, wenn es denn nicht mehr zu ändern ist, die Glühbirne über dem Tisch angeknipst werden muss. Ein älterer Herr vor einem Röhrenradio, leise Dudelmusik. Friedlich, ruhig, beide schweigen und trinken Hagebuttentee. Ich kann ihn förmlich riechen, ich hoffe, ihr könnt es auch!«

Schietwettertee

Dieses Jahr Ende Herbst machen wir, Helga, Lotte, Hinnerk und ich, die Hilde, uns auf eine kleine Urlaubsreise. Reise kann man es eigentlich nicht nennen. Es handelt sich vielmehr um unseren alljährlichen Einkauf auf dem Festland. Aber für uns vier ist das schon seit einer langen Zeit wie eine Reise. So oft verlassen wir die Insel nicht und wenn es dann einmal losgeht, packen wir unser kleines Köfferchen, wir bleiben schließlich nicht nur einen Tag, sondern gleich drei, damit es sich auch lohnt.

Also Koffer gepackt und noch ein letzter Blick in den Spiegel, dann ab zum Fähranleger. Kaum bin ich vor der Haustür angekommen, zerzausen mir auch schon der Wind und der gerade einsetzende Regen die Frisur. Also noch einmal rein ins Haus und die Treppen nach oben gestiegen, die Wohnungstür aufgeschlossen und den geblümten Regenschirm geschnappt. Wohnungstür wieder zugeschlossen, noch mal daran gerüttelt, damit ich auch sicher bin, dass die Tür wirklich zu ist. Das ist wohl eine meiner Marotten. Nun die Treppen wieder runter, Haustür auf und endlich ein letztes Mal mit etwas Kraftaufwand zugezogen. Die Tür ist schon alt und ein bisschen störrisch. Nun nur noch die Kapuze hoch und vorne fest zugebunden, Regenschirm aufgespannt und jetzt kann es endlich losgehen. Was mache ich mir eigentlich immer für einen Stress und laufe hin und her? Meistens hab ich so und so noch sehr viel Zeit, da ich ja ein Frühaufsteher bin. So auch heute. Ich habe meine Zeit eigentlich immer gut im Blick. Wozu also diese Anstrengung, ich hab ja noch alle Zeit der Welt und brauche mich nicht zu beeilen. Heute, bei diesem Wetter, nehme ich den Bus bis zum Anleger. Sehr bequem, so ein Bus heutzutage. Wenn ich noch an die alten Klapperbusse aus früheren Zeiten denke. Mit kunstlederbezogenen Sitzen, aus welchen zumeist schon die Schaumstofffüllung herausguckte. Da ist es doch heute eine wirkliche Wohltat, auf solch einem schön kuscheligen, samtigen Sessel zu sitzen und gut bereift herumgefahren zu werden. Bis zur Bushaltestellte ist es nicht weit, nur zwei Straßen weiter. Für gewöhnlich gehe ich zu Fuß, aber mit meinem Köfferchen auf Rollen, Trolli heißt das Ding, sagt man, also mit dem Koffer im Schlepptau, der Handtasche, eingepackt, als käme ein Monsun, mit Regenschirm in der anderen Hand, da leiste auch ich mir einmal den Luxus, mit dem Bus zu fahren. Wobei ich sagen muss, dass das nicht zur Gewohnheit werden sollte, da mir das viele Gehen gut tut und mich fit hält. Ein wenig besseres Wetter hätte ich mir für unseren Ausflug schon gewünscht, aber was soll's, ich nehme es, wie es kommt.

Wie sagt man so schön: »Es kütt, wie es kütt.«

Der Bus kommt um die Ecke. Es sind kaum Fahrgäste drin, auch gut, ich mag nämlich keine überfüllten Busse. Die vielen verschiedenen Gerüche, die vielen »muckschigen« Gesichter. Was ein muckschiges Gesicht ist? Ein unausgeschlafenes, mürrisches, Rühr-mich-nicht-an-Gesicht. So muss man sich das vorstellen. Da kann ich nicht hingucken, das möchte ich auch gar nicht sehen. Also sehe ich lieber noch ein wenig aus dem Fenster und schaue in den Regen.

Nächste Station: Helga steigt ein. Was für ein Anblick! Meine Güte! Sie hat wohl ihren Regenschirm oder ihre Regenhaube, welche sie sehr gerne trägt, vergessen. Sie geht nicht außer Haus, ohne ihre Regenhaube in ihre Handtasche zu stecken. Genau diese, so sagt sie nun, ist ihr weggeflogen. Was für eine böse Regenhaube! Ich muss ganz ehrlich etwas loswerden: »Ich würde im Leben nicht solch ein Ding aufsetzen.« Diese Tüte aus Plastik mit nettem Aufdruck, für gewöhnlich in Weiß, es sind Schmetterlinge oder Blümchen, gibt es aber auch mit Unmengen von weißen Punkten zu kaufen. Ich würde mir das nicht auf oder um den Kopf binden. Erinnert mich immer an die Marmelade, welche meine Mutter früher kochte. Einmachhaut nannte man das früher und heute auch noch, wird aber heutzutage nicht mehr oft benutzt, glaube ich. Diese Einmachhaut wurde in Essig gelegt, was für ein fürchterlicher Geruch, und wenn sie genügend schlapp war, kam sie, nachdem die Gläser gefüllt waren, über die Glasöffnung und es wurde ein Gummiband um die Öffnung gequetscht. Nun konnte der Marmelade nichts mehr passieren und sie hielt sich lange Zeit. So ähnlich ist das bei den Hauben für Regenwetter. Darunter passiert für gewöhnlich der Frisur nichts, außer dass sie vollkommen plattgedrückt wird und aussieht, als wäre sie in Folie eingeschweißt. Der Regen, auch wenn er in Strömen vom Himmel prasselt, er perlt ab. Genau wie beim Haubentaucher. Ein Wasservogel. Der kann seinen Kopf unter Wasser stecken, abtauchen und wenn er wieder auftaucht, dann ist er vollends trocken. So muss man sich das vorstellen. Eigentlich eine absolut geniale Erfindung, die in der Natur scheinbar schon vor Hunderten von Jahren Einzug gehalten hatte.

Nun zurück zu Helga. Ihre Frisur sieht schlimm aus. Ich kann sagen, Helga ist wirklich in einem bedauernswerten Zustand und das Schlimme an der Sache ist, dass sie es weiß. Ich hab noch eine Mütze dabei, hab ich immer in der Handtasche, man weiß ja nie. Die gebe ich ihr und sie ist dankbar und setzt sie sogleich auf. Nun sieht man nur noch ihr liebes Gesicht. Vom Zauselkopf ist nichts mehr zu sehen. Damit beschäftigen wir uns später. Fürs Erste geht es wohl auch so. Vielleicht geht Helga einfach einmal zum Friseur auf dem Festland und lässt sich ihre langen Haare, auf die sie so stolz ist, abschneiden. Eine anständige Kurzhaarfrisur, sag ich immer, ist doch was Gutes, ist immer wind- und wettertauglich. Aber bisher hat sie mir nicht geglaubt. Werden wir sehen, was das Wochenende noch so bringt. Dutt ist jedenfalls nicht mehr zeitgemäß, außer man ist Balletttänzerin, was ich jedoch in Bezug auf Helga verneinen kann, und ich kann auch entschieden behaupten, dass sie diese Tanzrichtung in Zukunft nicht einschlagen wird.

Wir sind am Fähranleger und steigen aus. Der Busfahrer hilft uns tatsächlich, unsere Koffer aus dem Bus herauszuheben. Toll, so etwas gibt es noch? Sehen wir beide so gebrechlich aus, ist er einfach nett oder hat er sich ein wenig Trinkgeld erwartet? Keine Ahnung, ich denke nicht weiter darüber nach, denn Lotte und Hinnerk sind schon da und winken. Die beiden sind doch tatsächlich zu Fuß gekommen. Im Friesennerz, Hinnerk in Blau und Lotte in Gelb mit einem Südwester auf dem Kopf. Mit Mode hat das wenig zu tun, sag ich mal. Aber sehr zweckmäßig. Hat aber auch was Gutes, Helga und ich, wir können die beiden immer sehen, denn niemand sonst ist heute noch so gekleidet, außer man ist Krabbenfischer und arbeitet auf einem Kutter. Da könnte es sein, dass solch eine Bekleidung noch »in« ist. Mir soll's egal sein, jeder nach seiner Fasson, sag ich immer.

Nun geht's los und wir besteigen die Fähre. Gerne würden wir am Oberdeck sitzen, aber dafür ist es heute Morgen noch zu kalt, zu windig und zu regnerisch. Es ist bereits Herbstzeit, was soll man da erwarten, wir können von Glück sagen, dass wir heute keinen richtigen Sturm bekommen haben, dann hätten wir wohl nicht fahren können. Mir gefällt das Wetter, wie es gerade ist, und heute ist eben grau in grau. Morgendliche Nebelschwaden ziehen über das Wasser. Wellengang haben wir natürlich heute auch, aber das macht ja die Überfahrt, insbesondere für Hinnerk, so attraktiv. Er freut sich, endlich einmal wieder auf einem schaukelnden Schiff zu sein. Trotz alledem setzt er sich mit uns aufs Mitteldeck. Oberdeck wäre ihm lieber gewesen, aber uns zu gefallen und uns Gesellschaft zu leisten, das ist ihm wichtiger. Eben noch ein Gentleman der »alten Schule«.

Es ist noch sehr früh, wir haben die zweite Fähre genommen. Nur wenige Fahrgäste sind bei diesem Wetter auf dem Schiff. Gut für uns, dann haben wir gemütliche, schaukelnde Ruhe. Beim Anblick des Wetters aus dem Fenster bestellen wir uns erst einmal einen Tee. Das ist doch selbstverständlich. Der Tee, der darf zu keiner Tageszeit fehlen. Mit einem kurzen Blick auf die Getränkekarte werden wir fündig und bestellen eine große Kanne Schietwettertee. Das passt perfekt zum beginnenden Regentag. Welche Zutaten ausgesucht wurden, um in diesem Tee ihr Aroma zu verbreiten, steht nicht auf der Teekarte, ist uns aber am heutigen Morgen einerlei. Hauptsache für uns ist lediglich, dass er schmeckt und dass das Wasser heiß ist. Das Schlimmste ist wohl für eingefleischte Teeliebhaber eine Tasse Tee, in einem Glas serviert, mit einem eingehängten Teebeutel, welcher aufgrund der lauwarmen Wassertemperatur nur eine kleine Spur von Wassertrübung bewirkt. Von Geschmack ganz zu schweigen. Wir bestehen also absolut darauf, dass unser Tee mit heiß aufgekochtem Wasser zubereitet wird, am besten in einem Wasserkessel, welcher pfeift, wenn er genug gekocht hat. Aber solch ein Kochgeschirr gibt es auf diesem Ozeanriesen nicht. Aber aus dem Augenwinkel genau beobachtet kann ich einen Wasserkocher in Arbeit sehen. Gut so, so soll es auch gehen. Wir verbringen die Überfahrt nicht mit Wein, Weib und Gesang, sondern mit Tee, zu viert und bei einem netten Morgenplausch.

Wir sind da, das Festland ist erreicht. Was für eine Freude, jetzt geht es richtig los. Wir eilen zu den Koffern, die wir zu Beginn der Überfahrt in einer sicheren Ecke abgestellt haben. Man weiß ja nie und wem kann man überhaupt heutzutage noch trauen? Wieder perfekt wetterpassend in die Jacken gemummelt mit den Koffern und wir Frauen mit den Handtaschen bewaffnet, schreiten wir die Gangway dem Festland entgegen. Es regnet immer noch und wir bestellen uns ein Großraumtaxi. Wir haben es nicht so gerne, mit dicken Anoraks gequetscht in einem Auto zu sitzen. Wir sind uns einig, dass es bequemer sein muss, und so ein Großraumtaxi hat schon einigen Sitzkomfort zu bieten.

Die Fahrt zum Hotel, das der liebe Hinnerk ausgesucht hat, dauert seine Zeit. Angekommen und ausgestiegen. Doch wo ist das Hotel? Da weit und breit keines zu sehen ist, beichtet uns Hinnerk, dass er sich umentschieden und nicht wie mit uns Damen vereinbart eine große, luxuriöse, zentrumsnah gelegene Unterkunft ausgesucht habe, sondern eine kleine, beschauliche Pension in einer ruhigen Straße mit Blick auf einen Park. Na, denn ist das eben jetzt so und man wird sehen, was die Pension zu bieten hat.

Zu seiner Verteidigung beginnt Hinnerk sofort zu berichten, dass er vor Jahren einmal in einem vielstöckigen Hotel gewohnt habe. Allein der Weg vom Zimmer bis zum Frühstücksraum sei eine Wanderschaft gewesen, weiß er zu erzählen. Am ersten Morgen hungrig am Frühstückstisch angekommen, musste er feststellen, dass sich auf dem Tisch lediglich Teller und Tassen befanden, sämtliche anderen Frühstücksutensilien wie Brot, Butter, Marmelade waren zwei Räume weiter zu finden. Sage und schreibe eine halbe Stunde musste der arme Hinnerk anstehen, um ein einziges Brötchen mit Wurst und einen schwarzen Tee zu organisieren. An seinem Tisch angekommen, musste er sodann feststellen, dass sein Platz belegt war, und er konnte nur noch auf einem Barhocker Platz nehmen, da der Frühstücksraum mittlerweile überfüllt war.

Hinnerk ist wirklich ein sehr lieber Mensch. Lotte, Helga und ich, wir wissen, dass er uns lediglich auf unserer Reise vor solchen Eskapaden beschützen will. Gelassen nehmen wir es darum in Kauf, in einer kleinen Pension untergebracht zu sein. Die Pension entpuppt sich übrigens als idyllischer Geheimtipp mit einem vorzüglichen Frühstück, serviert am Tisch in netter Atmosphäre mit frischen Blumen und Kerze. So können wir gut in den Tag starten. Frisch gestärkt machen wir uns auf die Pirsch nach Bekleidung und anderen Lebensutensilien, welche auf der Insel entweder teurer oder nicht in so reichhaltiger Menge zu haben sind.

Nach einer Wanderung bis in das Zentrum der Kleinstadt gönnen wir uns zu allererst ein prickelndes Vormittagswillkommensgetränk in einer netten Lokalität. Was wir wohl trinken, das kann sich ein jeder selbst denken. Hinnerks Getränk prickelt nicht, es ist eher klein und hat eine durchsichtige Konsistenz. Außerdem braucht er nur einen Schluck und schon ist sein Glas leer.

Untergehakt und mit forschem Schritt machen wir uns nun auf die Erkundung der Shoppingwelt. Wir können eine weitaus größere Menge an Bekleidungsgegenständen feststellen, als wir uns zu träumen gewagt hätten. Es gibt hier kleine Läden, aber auch eine unsagbar große Einkaufshalle.

Ich nenne es jetzt einmal Halle. Man muss sich einen wirklich großen Raum vorstellen, gefüllt mit Rolltreppen, in immer wieder verschiedene Richtungen rollend und Geschäfte und Läden zur rechten als auch zur linken Seite, sowohl im Untergeschoss, Obergeschoss und in weiteren Etagen, welche wir nicht alle erklimmen. Dafür reicht unsere Zeit nicht aus, es sind schließlich nur drei Tage. Außerdem haben wir den Hinnerk dabei und wie ich als auch meine Freundinnen feststellen müssen, ist Hinnerk nicht wirklich der perfekte Einkaufsberater und auch nicht ein erprobter Einkäufer. Des Öfteren ist er von uns dabei zu beobachten, selbstverständlich nur aus dem Augenwinkel, wie er versonnen, etwas gelangweilt, sich aufstützend auf vorhandene Kleiderständer, in irgendeine Richtung guckt. Er ist gedanklich anscheinend nicht bei der Sache, sondern eher auf einem Schiff bei tosender See. So ist es an uns, ihn bei Laune zu halten, und so gehen wir ihm zu Gefallen zwischendurch in das städtische Museum, um uns die aktuelle Schiffsausstellung anzusehen. Das ist ein perfekter Einfall. Nach sage und schreibe zwei geschlagenen Stunden, in denen wir Frauen unser gesamtes vorhandenes Wissen über Seefahrerei zum Besten geben, ist Hinnerk regeneriert und wieder frischen und frohen Mutes, uns einkaufsberatend zur Seite zu stehen.

Gezwungenermaßen tut mir Helga in diesen Tagen einen großen Gefallen und erfüllt mir den großen Wunsch, sie einmal auf einem Frisierstuhl sitzen zu sehen. Dutt oder nicht Dutt, das ist nun die Frage. Nach gefühlten zehn Tassen Tee, welche ich zu mir nehme, eigentlich bekommt man beim Friseur auf Wunsch Kaffee, ich jedoch nicht, da ich dieses Gebräu nicht sehr schätze, haben sich der Friseur und Helga immer noch nicht auf eine mögliche neue Frisur geeinigt. Helga hat zu viel Angst, dass sie mit einer Allerweltsfrisur aus dem

Laden gehen würde. Es müsse etwas Besonderes sein, betont sie immer wieder. So verabschiede ich mich für die nächsten Stunden von Helga und wir verabreden uns im Café gegenüber. So ist sie nun unter Zeitdruck und will versuchen, in zwei Stunden fertig zu sein. Für mich eine gute Erholung, denn nun kann ich meiner großen Leidenschaft nachgehen und im gewaltig anmutenden Bücherladen in neuer und alter Literatur wühlen, um anschließend Hinnerks Hilfe beim Tragen der Büchertaschen zu nutzen.

Ein halbes Buch, drei Tassen wohlschmeckenden Tee und ein Stück Nusstorte später steht Helga vor mir und wer denkt es sich anders, mit Dutt, wie eh und je. Dafür aber mit einer neuen Windjacke bekleidet, die sie mir sofort vorführt. besonders nützlich ist hierbei die Kapuze zu erwähnen, welche sie in Zukunft vor jeglichem Wind- und Wetterangriff zu schützen weiß. Hauben jeglicher Art sollen nunmehr der Vergangenheit angehören, hat sie beschlossen. Des Weiteren hat sie sich mit dem jungen Friseur angefreundet und dieser nahm sich ein Beispiel an ihrem kunstvoll selbst drapierten Dutt. Unter Helgas Hilfe lernte der Friseur in den letzten eineinhalb Stunden, einen Dutt wie zu Omas Zeiten zu legen, und will dies in nächster Zeit in seinem Friseursalon anbieten. So hatte ich mir das nicht gedacht. Aber Helga ist eben Helga und so soll es auch in Zukunft bleiben. Mir liegt es absolut fern, Menschen zu verändern.

Nachdem wir alle vier wieder zusammengefunden und nach einer weiteren Entspannungspause in einem anderen Café uns ausgetauscht haben über Bekleidung, Nippes und natürlich über Schiffe im Museum, befinden wir es als genug für den Tag. Wir drei Frauen haben schon ordentlich Rente und Erspartes ausgegeben, um unseren Kleiderschrank wieder neu auszustaffieren. Nur Hinnerk ist wohl nicht so richtig in Form. Aber einen Tag haben wir noch und den wollen wir nutzen, um Hinnerk zu einem neuen, wie sagt man, »Outfit« zu verhelfen.

Weg von den Kutterklamotten. Dies gelingt uns jedoch auch am nächsten Tag nicht. Außer dunkelblau oder steingrau ist bei Hinnerk »kein Blumentopf zu gewinnen«. Schlussendlich kauft er eine blaue Hose und einen Seemannspullover mit V-Ausschnitt. Helga, Lotte und ich spendieren ihm einen neuen, gut duftenden Wildkirschtabak für seine Pfeife und Hinnerk strahlt über beide Wangen und ist ein glücklicher Mann.

So neigen sich unsere drei Reisetage dem Ende zu und wir sehen mit ein wenig Bedauern der Rückfahrt entgegen. Obwohl wir natürlich am liebsten zu Hause auf unser Insel sind. Aber dennoch es ist eine wirklich schöne, kurzweilige Reise gewesen, welche unbedingt einer Wiederholung bedarf, aber nicht in allzu weiter Ferne. So kehren wir an einem Donnerstagmorgen wohlbehalten in unser kleines Inselidyll zurück, verabschieden uns aufs Herzlichste voneinander, um uns in Kürze wiederzusehen zu einer neuen Teekreation, bei hoffentlich besserem Wetter.

Winter

Frostig kommt er daher. Er lässt uns frieren. Schneeflocken fallen leicht und leise vom Himmel und bedecken unsere Landschaft mit einem weißen, großen Mantel. Die Wintersonne hat nur wenig Kraft, lässt dafür aber die mit Frost, Schnee oder Eis überzogene Welt in einem zauberhaften Glitzerkleid erstrahlen. Viele Lebewesen begeben sich in den Winterschlaf und auch die Pflanzenwelt scheint eingeschlafen zu sein. Ruhe, Pause und Besinnung zeichnen diese Zeit aus.

Altes Kaminstück

Draußen ziehen weiße Flocken
Durch die Nacht, der Sturm ist laut;
Hier im Stübchen ist es trocken,
Warm und einsam, stillvertraut.

Sinnend sitz ich auf dem Sessel,
An dem knisternden Kamin,
Kochend summt der Wasserkessel
Längst verklungne Melodien.

Und ein Kätzchen sitzt daneben,
Wärmt die Pfötchen an der Glut;
Und die Flammen schweben, weben,
Wundersam wird mir zu Mut.

(Heinrich Heine)

Bratapfeltee

Es ist kalt, man kann den Winter förmlich riechen. Nun wird es nicht mehr lange dauern, bis die ersten Schneeflocken ihren Weg auf die Erde finden. Die Bäume und Sträucher, die bereits etliche Zeit ohne ihre Laubmäntel dastehen, sind umhüllt von glitzerndem Frost. Hier und da wagen sich schon einige Wintersonnenstrahlen durch den grau verhangenen Himmel. Bei genauem Hinschauen ist es ein faszinierendes Erlebnis, wenn die frischen Sonnenstrahlen einen in Raureif eingehüllten Busch zum Strahlen und Funkeln bringen. Als wolle der Busch uns sagen, dass er auch zu dieser Jahreszeit noch wunderschön anzusehen ist. Die Straßen erstrahlen schon lange, seit Ende November, im festlichen Weihnachtsglanz. Tannengirlanden mit Lichtern in Form von Sternen überspannen die Fußgängerzone. Die Auslagen in den Schaufenstern scheinen sich von einem zum anderen Kaufhaus überbieten zu wollen. Es gibt Weihnachtsdekorationen und »Schnick-Schnack« in jeder erdenklichen Art und Weise. Sogar Osterhasen mit Weihnachtsmütze, Tannenbaumkugeln in allen Farben, welche ein Farbkasten hergeben kann, Engel, ob groß oder klein, und jede nur denkbare Leckerei. Alles, aber auch einfach alles, was ein jedes Herz begehrt, ist in der Vorweihnachtszeit zu kaufen. Ich könnte mir meine komplette kleine Wohnung mit diesen Utensilien zustellen, wenn ich genug Geld hätte, mir das ein oder andere Weihnachtsaccessoire zu kaufen. Ob das allerdings dann noch schön ist und noch Weihnachtsstimmung, wie ich sie empfinde, vermitteln würde, darüber brauche ich nicht lange nachzudenken. Das ist eher nicht mein Ding. Aber anschauen in den vielen Geschäften, das tue ich gerne und so schlendere ich an weiteren, unsagbar vielen Weihnachtsmännern, Elchen, Wichteln, Weihnachtsmäusen, Pyramiden, Krippen und und und vorbei. Ich könnte noch mehr aufzählen, was es da alles zu sehen gibt, aber das brauche ich nicht. Das weiß ein jeder, der mit offenen Augen durch die Vorweihnachtszeit geht, selbst.

Ich bin auf dem Weg zum Teeladen. Meine Teedosen bedürfen dringend einer Auffüllung. Ich möchte für die Winterzeit gerüstet sein, da ich noch nicht weiß, wie in dieser kalten Jahreszeit die Straßenverhältnisse sein werden und ob es mir möglich sein wird, immer meine täglichen Spaziergänge zu unternehmen. Es ist ja dann und wann doch ein Wagnis für so eine ältere Dame wie mich, sich bei überfrorenen Gehwegen nach draußen zu wagen. Daher bereite ich mich schon einmal auf den kommenden Winter vor und heute ist nun mein Teeeinkaufstag. Tee ist eines meiner wichtigsten Nahrungsmittel, wenn ich das einmal so sagen darf. Ohne Tee, das kann ich mir nicht vorstellen. Was wäre das für ein Tag! Doch bis zum Teegeschäft habe ich noch eine Wegstrecke zurückzulegen. Aber ich habe ja Zeit. Die sollte man in meinem Alter auch haben, da es äußerst gefährlich sein kann, sich in der Haupteinkaufszeit des Jahres unter die Menschenmengen zu mischen. Zu beobachten ist dabei, dass innerhalb dieser schönen Weihnachtszeit die meisten Menschen keine Zeit haben oder meinen, keine Zeit zu haben. Ich frage mich, was diese Personen denn alles zu tun haben und was sie bloß verpassen würden, wenn sie einen Schritt langsamer durch den Tag gehen würden. Ich passe also auf, dass ich nicht umgelaufen oder weggedrängelt werde.

Gerade komme ich an einem Blumenladen vorbei und es ist unglaublich, dort werden immer noch Adventskränze verkauft. Der Erste Advent war bereits! Das heißt, diese Kränze sind für diejenigen Käufer, welche nicht genau wissen, wann der Advent denn nun beginnt und wann die erste Kerze angesteckt werden soll. Oder aber für diejenigen, die in ihrer alltäglichen Eile vergessen haben, den Kranz zu kaufen.

Wie war das noch gleich? Die Zeit der inneren Einkehr. Die Vorbereitung aufs Fest. Das Warten und Zur-Ruhe-Kommen. Die Zeit des Advents. Ein Tannenkranz mit vier Kerzen. Ganz einfach. Ein warmes Adventslicht nach dem anderen erleuchtet den Raum. Für gewöhnlich sitze ich in dieser Zeit in meiner Stube und denke nach oder gucke einfach nur in die Kerze, lese ein gutes Buch oder habe Gäste. Das ist nicht die Normalität. Allein den Adventskranz gibt es schon in sagenhaft vielen unterschiedlichen Versionen. Ganz ohne Tanne oder mit Teelichtern in Gläsern, wegen der Brandgefahr. Und steht der Adventskranz wirklich noch im Mittelpunkt? Oder besser gesagt der Advent? Ich würde nur ungern eine Umfrage starten darüber, was denn wohl das Wort Advent aussagt. Oberflächlich gesehen ist es mir auch ganz egal, wie andere Menschen ihren Advent verleben, aber unter meiner Oberfläche sieht das anders aus, da frage ich mich, wo das hinführen wird. Als ich klein war, da haben wir den Tannenkranz noch selbst gebunden, das duftete gut, nach Wald. Die Hände waren ein wenig zerstochen, schließlich hatte man nur einfache Tanne, stachelige. Aber das war nicht weiter schlimm, da wurde nicht viel Aufhebens drum gemacht, schließlich war er selbst gebunden und man war stolz. Heute kaufe ich mir einen fertig gebundenen Kranz beim Gärtner. Immer noch mit stacheliger Tanne wie früher, auf meinen besonderen Wunsch hin und zum Unverständnis des Gärtners. Ich brauche keine weiche Tanne, damit der Kranz dreimal so viel kostet. Ich möchte damit keinen Preis gewinnen. Für mich ist und bleibt ein Adventskranz ein Kranz mit Kerzen ohne Sternchen, Steckfiguren und anderem Blink-Blink. Streng nach dem Motto: »Weniger ist mehr!« Den Kranz habe ich bereits vor einer Woche gekauft und er steht, hübsch anzusehen, mit roten Kerzen auf meinem Stubentisch und die erste Kerze ist bereits ein wenig heruntergebrannt.

Die Luft hier in der Innenstadt ist nicht frisch wie sonst. Nein, während der Weihnachtszeit ist sie angefüllt mit unzähligen Gerüchen. Da gibt es an jeder Straßenecke Stände mit Süßigkeiten wie gebrannten Mandeln oder Walnüssen, Lebkuchen oder Spritzkuchen. Einige örtliche Vereine verkaufen an manchen Tagen selbst gebackene Kekse und der Erlös ist dann für einen guten Zweck. Diese Düfte werden zumeist vermischt mit dem Geruch von, ich mag es gar nicht sagen, aber wir sind ja hier unter uns: Fett. Sicherlich, so eine Bratwurst in Gesellschaft von frittierten Kartoffelstäbchen zu essen, nur mal so zwischendurch, das ist eine feine Sache. Aber mir ist der Geruch von gebrannten Mandeln weitaus lieber. Daher kaufe ich mir nun eine kleine Tüte und auch ein Tütchen selbst gebackenes Lebkuchengebäck vom nächsten Stand. Ich freue mich schon jetzt, wenn ich wieder zu Hause bin und die Lebkuchentüte öffne. In Gedanken kann ich diesen würzigen Geruch jetzt schon riechen. Es ist mein erster Lebkuchen in diesem Jahr. Obwohl es keine große Schwierigkeit gewesen wäre, schon längst Lebkuchen zu kaufen und zu essen. Seit Ende Oktober ist er bereits in vielen Geschäften zu sehen, in Form von Brezeln, Sternen und Herzen mit Schokolade dunkel oder hell überzogen. Doch was soll ich denn schon im Oktober mit Lebkuchen? Das geht mir vollkommen gegen den Strich. Der gehört doch nicht in den Herbst. Ha, dass ich nicht lache, »Herbstgebäck«. Der Lebkuchen gehört einzig und allein in den Dezember, am besten selbst gebacken. Wer jedoch, wie ich, nicht mehr selbst backt oder bei wem es sich nicht mehr lohnt, ein ganzes Blech dieser köstlichen Leckerei zu backen, der kaufe sich eine Tüte und genieße sie im Kerzenschein. So ist es das Beste. Da werden sicherlich bei dem einen oder anderen Unmengen von »Herbstgebäck« verzehrt, ehe die Weihnachtszeit begonnen hat. Dann braucht der Lebkuchen am Weihnachtsabend nicht mehr auf den »bunten Teller«, da er bereits vorher im Überfluss gegessen wurde. Oder wer hat dann darauf noch Appetit?

Endlich habe ich meinen Teeladen erreicht. Beim Eintreten in das kleine, anheimelnde Geschäft erklingt das Windspiel, welches über der Eingangstür aufgehängt wurde. Ich bin nicht die Einzige im Laden. Mindestens noch zehn andere Teekäufer schieben sich durch meinen wirklich sehr kleinen Laden. Nein, es ist nicht mein Laden, es fühlt sich mittlerweile nur schon so an, als wäre es der meinige. So viele Male habe ich in den Jahren, in welchen ich hier auf der Insel lebe, in diesem Geschäft Tee gekauft. Früher, als ich noch ein junges Mädchen war, wurde ich geschickt zum Teekaufen, heute kaufe ich den Tee aus freien Stücken. Alte Regale zieren das Geschäft. Regale bis unter die Zimmerdecke, gefüllt mit Teedosen jeder Größe und Beschaffenheit. Jeder Winkel dieses wirklich sehr kleinen Geschäfts muss ausgenutzt werden. Dieses Gefühl habe ich jedenfalls, wenn ich länger darüber nachdenke. Tee befindet sich nicht nur in Dosen auf den Regalen, fertig abgepackter Tee ist in handlichen Spitztüten in großen Holzkörben ausgelegt. Hier und da stehen kleine runde Tische mit schönen Teetassen mit noch schöneren Motiven, zum Kauf selbstverständlich. Ich bleibe also erst einmal stehen und verschaffe mir einen Überblick, was es denn alles gibt und ob vielleicht eine neue Teesorte auszumachen ist. Ich weiß, das hört sich jetzt so an, als wäre ich das erste Mal in diesem Geschäft, aber so ist es nicht. Trotz alledem gucke ich mich immer gerne um, als wäre es das erste Mal und ich hätte dieses Geschäft neu entdeckt. Das ist vielleicht ein Tick von mir, aber wer hat denn keinen Tick? Wir haben ja alle unsere Macken. Wo mein Bratapfeltee steht, den ich heute unbedingt kaufen werde, das weiß ich und da brauche ich auch gar nicht weiterzuschauen. Aber es ist einfach wunderbar, so dazustehen, zu gucken, die verschiedensten Gerüche in mich aufzusaugen und herauszufinden, ob ein neuer Duft hinzugekommen ist.

Im hinteren Teil des kleinen Teeladens gibt es eine Sitzecke mit zwei gemütlichen alten Ohrensesseln, die sicherlich schon ein längeres Leben hinter sich haben als ich. Sie sind wirklich sehr alt. Dazu nicht passend stehen ein Nierentischchen und eine grüne Siebzigerjahre-Stehlampe zwischen diesen beiden Sesseln. Neben dem Tisch befindet sich ein großer Holzkorb, in welchem vielleicht früher einmal Holz zum Kamin transportiert wurde, heute ist er jedoch zweckentfremdet und bietet einer Auswahl an Büchern ein Zuhause. Auf dem Tisch brennt immer ein kleines Teelicht in einem Glas und so macht dieser Teil des Ladens einen solch einladenden Eindruck, dass man, wenn man Zeit mitgebracht hat, nicht umhinkommt, sich dort für ein Viertelstündchen niederzulassen, ein Buch aus dem großen Korb zu nehmen und bei einer kleinen Tasse Tee ein wenig zu schmökern. Das ist auch so gedacht. Dieses Mobiliar soll keine Ladendekoration darstellen, sondern tatsächlich einladen, sich ein wenig Ruhe zu gönnen. Das mache ich selbstverständlich, setze mich, lehne mich zurück und genieße bei einer Tasse Bratapfeltee das ruhige Suchen und Finden vieler Teekäufer. Nach einigem Sichten des unterschiedlichen Lesematerials muss ich feststellen, dass wirklich einige interessante Bücher dabei sind. Aber insbesondere natürlich passend in diese Jahreszeit sind es vorwiegend Weihnachts- oder Wintergeschichten, einige Romane sowie Gedichtbände älteren Jahrgangs. Mir kommt eine Idee und ich greife mir einen dicken, alten Gedichtband auf der Suche nach dem passenden Gedicht zu meinem Tee und meiner heutigen Stimmung. Und tatsächlich, nach nur kurzer Suche finde ich es. Wer kennt es nicht, das Gedicht vom Bratapfel!?

Kinder kommt und ratet,
was im Ofen bratet,
hört, wie es knallt und zischt,
bald wird er aufgetischt.
Der Zipfel, der Zapfel,
der Kipfel, der Kapfel,
der goldgelbe Apfel.

Ich lese weiter und freue mich, dieses Gedicht sofort auf Anhieb gefunden zu haben. Trinke zwischendurch immer wieder einmal aus meiner kleinen Tasse einen Schluck des mir angebotenen Tees. Es geht mir wirklich gut. Was braucht es doch wenig, damit es mir gut geht? Einen ausgesessenen alten Sessel, ein Tischchen mit einer Tasse heißen Tee und einer brennenden Kerze sowie ein Buch mit einem Gedicht, welches Erinnerungen in mir wach werden lässt. Mehr braucht es nicht.

Nun ist es gut, nun muss ich mich wohl auf den Heimweg machen. Ich kann schließlich nicht den ganzen Vormittag im Teeladen sitzen und Tee trinken und nichts tun. Ich muss mich bewegen.

Bevor ich den Laden verlasse, kaufe ich zwei Packungen Bratapfeltee, bedanke mich recht herzlich für den leckeren Tee und die gute Lektüre und verabschiede mich bis zum nächsten Mal, was nicht in allzu langer Zeit sein wird. Denn auf diesen Genuss der unterschiedlichen Teegerüche verzichte ich nur ungern. Auf dem Rückweg in mein kleines, heimeliges Nest, wie ich es gerne nenne, kaufe ich mir noch drei leuchtend rote Äpfel, welche sich getrost Weihnachtsäpfel nennen können. Blank geputzt könnten auch diese einen kleinen Platz auf einem Gabenteller bekommen.

Zu Hause angekommen setze ich zuallererst heißes Wasser auf für einen Tee, anschließend reibe ich einen der Äpfel blank, steche das Gehäuse vorsichtig aus und fülle ihn mit einem kleinen Stück Marzipan und einem Tupfen Sanddornmarmelade. Anschließend wandert der so hergerichtete Apfel in meinen Backofen und verbringt dort einige Zeit. Ich gieße mir zwischenzeitlich einen Tee auf und warte, bis der Apfel eine etwas schrumpelige, aber immer noch glänzende Schale bekommt. Meine Wohnung riecht nun über und über nach Bratapfel, aus meiner Teetasse sowie aus meinem Backofen. Es ist ein Dufterlebnis der besonderen Art. Nun ist er fertig, der Apfel! Ich genieße diese leckere Speise und überlege, wie das Gedicht weiterging. Es dauert eine Weile, aber schließlich weiß ich es wieder und schreibe es sogleich auf.

Kinder, lauft schneller,
holt einen Teller,
holt eine Gabel,
sperrt auf den Schnabel.
Für die Zipfel, den Zapfel,
den Kipfel, den Kapfel,
den goldbraunen Apfel!

Sie pusten und prusten,
sie gucken und schlucken,
sie schnalzen und schmecken,
sie lecken und schlecken,
den Zipfel, den Zapfel,
den Kipfel, den Kapfel,
den knusprigen Apfel!

Weihnachtstee

Es ist nun schon einige Zeit her, da war in der Tageszeitung die Auswertung einer Umfrage zu lesen. Was mag die Leser dieses guten Schriftstücks wohl am ehesten an das kommende Weihnachtsfest erinnern? Unter den ersten zehn Plätzen zwischen Weihnachtsliedern und Tannenbaum befand sich auch der gute Weihnachtstee. Weihnachtstee? Was ist denn das? Mit dem Zeitungsausschnitt in der Handtasche habe ich das nächste Teerundentreffen herbeigesehnt. Helga, welche durch ihre fünf Kinder und bereits vier Enkelkinder sehr aufgeschlossen gegenüber Neuheiten war, wusste natürlich sofort Bescheid und gab bereitwillig Auskunft.

Es handelte sich hierbei entweder um ein Schwarzteegetränk oder auch ein Früchteteegemisch, in welchem wir Mandeln, Zimt, Nelken vorfinden, also jegliches Weihnachtsgewürz, von dem ich angenommen hatte, es käme ausschließlich in ein gut gebackenes Früchtebrot oder in eingelegte Kürbisnachspeisen. Es können sich in diesem Tee natürlich auch andere »Lebensmittel« wiederfinden wie beispielsweise Popcorn, wobei ich nicht davon ausgehe, dass Popcorn sehr wichtig ist, um einen Menschen am Leben zu erhalten. Diese Teesorten bekommen dann wirklich nette Namen wie Knusperhäuschen, Winterzauber oder gar Lebkuchentraum. Hinnerk sagte an diesem Dienstag nicht viel, er war sehr in sich gekehrt. Das Einzige, was er zu diesem winterlichen Thema zum Besten gab, war: »Ein Tee ist immer nur ein Tee und nichts anderes!«

Lotte war heute wirklich gut gelaunt, sie kam in Jeans und Kapuzenpullover, wie es die jungen Leute heute tragen, gar nicht wie eine ältere Dame. Sie erzählte einen Schwank aus ihren Kindertagen. Wie die Weihnachtszeit früher war und das Weihnachtsfest bei ihr zu Hause gefeiert wurde. Da wurden schon zu Anfang Dezember Vorbereitungen getroffen. Kekse wurden gebacken, Lebkuchenduft zog durchs Haus. Aber die Kekse kamen in große Dosen und wurden fest verschlossen und auf das oberste Küchenregal gestellt. Von wegen, wir essen heute Abend schon einmal einige. Das gab es nicht. Da war Warten angesagt. Warten war überhaupt das Wichtigste im Weihnachtsmonat. Warten auf das Keksessen, Warten darauf, dass Mutti das Adventsgesteck auf den Tisch stellte und endlich die erste Kerze angezündet werden konnte. Warten darauf, dass es Abend wurde und Vater eine Geschichte aus dem Weihnachtsbuch vorlas. Warten darauf, dass die Abende immer kürzer wurden, es immer früher dunkel wurde und endlich das heiß ersehnte Weihnachtsfest herbeikam. Warten auf den Tannenbaum. Was für ein Baum mochte es wohl dieses Jahr sein? Die Kinder durften damals den Baum ja erst sehen, wenn das Christkind dagewesen war und die Stubentür wieder aufgeschlossen wurde. Aber selbstverständlich nicht vor dem Besuch der heiligen Messe!

Der Weihnachtsbaum war jedes Jahr schön. Seltsam war nur, dass jedes Exemplar so gerade und die Zweige so exakt am Stamm verteilt gewachsen waren. Darüber konnte man sich schon wundern. Doch diese Frage klärte sich für Lotte einige Jahre später, als sie ihren Vater an seiner Werkbank dabei erwischte, wie er mit einem Handbohrer Löcher in den Stamm bohrte und Zweige, welche augenscheinlich von einem anderen Baum abgesägt worden waren, mit viel Kraftaufwand in den Stamm des Weihnachtsbaums presste.

Trotz alledem war der Baum herrlich anzusehen mit seinen Zapfen und kleinen Kugeln, Engelhaar und echten Kerzen. Oh, wie wundervoll! Echte rote Wachskerzen. Haben die Eltern denn früher nicht an die Gefahr gedacht, die eine solche Kerze mit sich bringt? Der Baum hätte abbrennen, Wachs auf Teppich oder Holzfußboden tropfen können. Nein, hierüber machten sich die Eltern keine großen Gedanken. Man sah sich eben vor und achtete darauf, dass nichts geschah. Aber echte Kerzen gehörten zu einem schönen Weihnachtsbaum. So war das eben, sagte Lotte mit einem wehmütigen Blick auf den im Teehäuschen aufgestellten Weihnachtsbaum mit Elektrokerzen, welche abwechselnd grün, rot und gelb blinkten, wie eine Verkehrsampel.

Nun erwachte auch Hinnerk aus seiner Dezemberlethargie und gab etwas zum Besten. Er meinte sich an die Besonderheit eines Weihnachtsfestes erinnern zu können, welches wirklich schon sehr lange zurücklag. Hinnerk, noch sehr klein, vielleicht neun Jahre jung, hatte das ganze Jahr über gespart, Pfennig für Pfennig, und konnte nun zu Weihnachten endlich einmal auch ein Geschenk kaufen. Er brauchte nichts zu basteln, wie jedes Jahr. Nein, er konnte hoch erhobenen Hauptes in den kleinen Einkaufsladen gehen und den Eltern eine schöne Vase kaufen. Wochenlang war er bereits am Schaufenster vorbeigelaufen und hatte nachgesehen, ob sie denn noch da stand. Immer und immer wieder zählte er sein Geld, ob es denn auch genug sei. Nun endlich fasste er sich ein Herz und ging allein wie ein Großer in den Laden. Es war seine letzte Chance heute, denn es war der Morgen des 24. Dezember. Er kaufte die Vase. Schönes Glas, geschliffen, sodass sich das Licht darin brechen konnte und im Sonnenlicht Farben entstanden wie die eines Regenbogens. Zauberhaft. Einfach zauberhaft. Stolz war er der kleine

Hinnerk. Zu Hause angekommen stürmte er wie immer die Treppe hinauf, um schnell genug ungesehen in sein Zimmer zu kommen und seinen »Schatz« zu verstecken. Da passierte es, er musste wohl doch zu viele Treppenstufen auf einmal genommen haben, er stolperte die Treppe hinauf und die Tüte, in der er sein Kleinod transportierte, schlug gegen die Treppenstufe und zerbrach in unendlich viele Teile. Hinnerk hielt wie angewurzelt inne, ihm schossen Tränen in die Augen. Schnell verschwand er in seiner Kammer. Von dem Gestolper und Geklapper von ihrem Buch aufgeschreckt, kam sogleich seine Schwester Ella herbei und erkundigte sich, was denn geschehen sei. Hinnerk, immer noch vollkommen am Boden zerstört, erzählte stockend, was passiert war, und kündigte sofort an, er käme nun nicht mehr zum Weihnachtsfest, weder in die Kirche noch zum Tannenbaum. Für ihn sollte das Fest ausfallen. Er gehe jetzt sofort ins Bett und schlafe, bis die Festtage vorbei seien. Schon machte er Anstalten, sich seinen gestreiften Schlafanzug anzuziehen. Ella schaute sehr amüsiert aus der Wäsche und schlug ihrem Bruder vor, ihm ein paar Mark zu leihen, damit er den Eltern ein schönes Weihnachtsgeschenk machen könne. Vor Freude kullerten dem Kleinen wieder Tränen die Wangen herunter. Überglücklich zog er sich wieder landfein an, steckte das ihm gebotene Geld in seine Börse und marschierte sofort wieder zum Laden.

Die Frage war nur: »War der Laden noch geöffnet?« Wenn ja: »Was sollte er kaufen?«

Wochenlang hatte er sich Gedanken gemacht und war schließlich davon überzeugt gewesen, dass eine Vase wohl das beste Geschenk sei, welches man den Eltern machen könne. Nun hatte er keinerlei Zeit mehr nachzudenken, wofür er nun das neu erworbene Geld ausgeben könnte. Was soll man sagen, Hinnerk kaufte ein und ließ das Geschenk schön einpacken, ging nach Hause und versteckte seinen Kauf noch bis zum Abend. Wie machten die Eltern doch große Augen, als sie das Geschenk auspackten und eine Tube Zahnpasta entdeckten. Doch niemand lachte, die Eltern freuten sich, als wäre dies das beste Geschenk auf Erden, was sie jemals bekommen hatten, und Hinnerk war stolz. Ella sagte nichts und amüsierte sich im Stillen.

So konnte auch dieser Weihnachtsabend seinen weiteren Lauf nehmen und die gesamte Familie sang wie gewohnt Lieder. Es wurden Weihnachtsgeschichten vorgelesen und die Großeltern erzählten, wie es früher war, natürlich dies alles bei einer schönen Tasse Weihnachtstee.

Gab es Tee?

»Vielleicht. Ich kann mich einfach nicht erinnern.«

Eine immer lauter werdende Männerstimme vom Nachbartisch war mittlerweile ungehalten. Es war wieder einmal Montag, kurz nach 15.00 Uhr, und wir befanden uns wie gewohnt im Teestübchen, vereint zum Trinken einiger Tassen Tee und zum Austausch von Neuigkeiten. So wurden wir ungefragt Zeugen des einsetzenden Streitgesprächs am Nachbartisch. Anscheinend stellte die Begleitung des Mannes, der sich seiner lauten Stimme überhaupt nicht bewusst zu sein schien, eine Frau mittleren Alters, offenbar seine Tochter, zu viele Fragen. Eine Frage stand jedoch an diesem Spätnachmittag am Nachbartisch im Raum.

»Vater! Hast du schon deinen Tee getrunken und deine Tabletten genommen?«

Diese Frage hörten Helga, Lotte, Hinnerk und ich immer wieder. Der alte Herr war sichtlich erbost und hatte bereits ein hochrotes Gesicht. Ebenso seine Begleitung, welche er mit dem Namen Lisa ansprach. Ein Wort gab schließlich das andere und die beiden Herrschaften verstummten. Lisa stand auf, nahm ihre Jacke vom Garderobenständer und verließ ohne sich zu verabschieden das Lokal. Der Vater blieb zurück und wir sahen, wie sich seine Schultern vorsichtig auf und ab bewegten. Es war kaum zu sehen, aber wir gingen davon aus, dass er weinte. Hören konnten wir es nicht. Einmischen wollten wir uns auch nicht, so etwas tut man ungefragt nicht.

Der Herr erhob sich vom Platz und ging, naja, wo eben jeder einmal hingehen muss. Das muss ich an dieser Stelle nicht weiter erklären. Als er schließlich wiederkam, blieb er erst mit Blick auf den ganzen Raum stehen, schaute nach rechts, dann nach links. Dazu muss ich sagen, dass nicht viele Gäste an diesem Nachmittag den Besuch der Teestube dem guten Winterwetter mit blauem Himmel, strahlendem Sonnenschein und einigen Zentimetern Schnee vorgezogen hatten. Schließlich ging er in die linke Richtung, immer noch langsam und zögernd, blieb an unserem Tisch stehen und setzte sich neben Hinnerk.

Er runzelte seine Stirn, doch dann fragte er: »Seid ihr schon lange da?« Das verschlug uns den Atem. Was mag er gemeint haben? Hinnerk schaute sich nach allen Seiten um, ob jemand anderes den alten Herrn vermisste oder etwa die Tochter zurückgekommen sei.

Er fragte noch einmal: »Habt ihr lange auf mich gewartet?« Ich fand meine Sprache als Erste wieder und antwortete: »Nein, wir sind auch soeben erst gekommen«.

Der alte Herr, dessen Namen wir nicht wussten und wohl auch nicht erfahren würden, war sichtlich beruhigt und entgegnete nur: »Na, dann ist es ja gut!« und schwieg.

Wir schwiegen nun alle, da wir nicht so recht wussten, wie wir mit dieser Situation umgehen sollten. Es verging einige Zeit, die Bedienung kam an unseren Tisch und brachte uns die bestellte große Kanne Tee und eine weitere Tasse für den neuen Gast in unserer Teerunde.

Es war Schwarztee mit Zimtpflaumengeschmack. Wie selbstverständlich ließ sich der alte Herr von uns den Tee einschenken und genoss sichtlich dieses heiße Getränk. Beim zweiten Schluck schloss er die Augen und atmete anschließend tief aus.

»Ich habe ihn schon einmal gerochen, diesen Duft. Ich kann mich nur nicht mehr erinnern, wann und wo.«

Schließlich kam er auf die Idee, uns einmal sein Problem zu schildern. Er betonte immer wieder, wie froh er doch sei, dass wir da seien, er es nur schade finde, dass seine Tochter Lisa keine Zeit hatte. Aber sie sei immer so viel beschäftigt und habe es ja auch nicht leicht im Leben mit ihren drei Kindern und ganz ohne Ehemann. Der sei vor einigen Jahren gestorben. Er glaubte sich zu erinnern, dass der Ehemann seiner Tochter viele Jahre älter als Lisa war und ja auch sehr ungesund gelebt hatte.

Unser Teegast erzählte uns eingehend, dass seine Familie wohl annehme, er »ticke nicht mehr ganz richtig«. Angeblich sollte er immer sehr viel vergessen und sich nicht erinnern können an andere Menschen. Außerdem erzähle er immer wieder die gleichen Geschichten und finde manchmal nicht mehr den richtigen Weg nach Hause. Er kleide sich auch nicht besonders vorteilhaft. Die falsche Farbkombination werfe man ihm des Öfteren vor. Er redete sich in Rage und wir hörten interessiert zu, obwohl uns dieser Herr gänzlich fremd war. Trotzdem schien es ihm gutzutun, sich einmal alles von der Seele zu sprechen, ohne dass ihn jemand unterbrach. Der fremde Gast empörte sich geradezu darüber, dass man ihm vorwerfe, er nerve mit alten Geschichten seine Mitmenschen, da niemand gewillt sei, sich fünfmal am Tag die gleichen Storys anzuhören. Letztendlich meinte er sogar, seine Familie müsse vielleicht einmal zum Arzt gehen, denn sie hätte augenscheinlich ein Erinnerungsproblem, was er denn schon erzählt habe und was nicht. Woher allerdings die vielen Beulen an seinem alten Wagen kamen, den er noch bis vor einiger Zeit fuhr, das war ihm gänzlich schleierhaft.

Ein weiterer Schluck aus der Tasse und die Erinnerung an den Pflaumengeruch kehrte zurück. Jetzt wusste er es wieder, als wäre es gestern gewesen: »Da waren vier Pflaumenbäume zu Hause im Garten. Eine Bank stand darunter und wir mussten mithelfen bei der Ernte, damit die vollreifen Früchte schließlich eingeweckt werden konnten. Pflaumenmus und Pflaumenkompott wurden auch gekocht, mit Zimt selbstverständlich.« Er schilderte dieses Pflaumenernten so bildhaft, dass wir annehmen konnten, wir wären selbst dabei gewesen. Bei seiner Erzählung vom Pflaumenkuchen mit Butterstreuseln lief uns schier das Wasser im Munde zusammen und wir beschlossen, noch in der nächsten Woche gemeinsam ein Blech Pflaumenkuchen zu backen. Es muss ein sehr akkurater Garten gewesen sein, von dem er berichtete: »Alles war ordentlich und gut in Schuss. Es gab auch Sauerkirschbäume und natürlich Wintergemüse, Grünkohl und Rosenkohl. In großen Wannen wurde geerntet und es machte viel Arbeit. Aber arbeiten, das konnten wir früher.«

Er wurde nachdenklich und seine Stirn legte sich wiederum in Falten. Er schaute auf, als wolle er sagen: »Wer sind Sie denn?« Das tat er jedoch nicht, sondern fing mitten im Satz an zu sprechen: »… alles dahin, einfach alles dahin!«

Nach seinen Erzählungen muss er viele Jahre später gewesen sein, als er den schönen Garten wieder sah. Er erzählte hier von einer ganz anderen Zeit. Wir nahmen an, dass er wohl seine Heimat verlassen musste und nach unzähligen Jahren, als er genügend Zeit und auch den »Mumm« dazu hatte, einmal zurückgefahren ist, sei es allein oder in Begleitung. Anscheinend beschäftigte es ihn jetzt gerade in diesem Moment sehr stark. Der Garten, ja der Ort und die Umgebung hatten sich wohl sehr verändert. Er hatte so seine Mühe damit, überhaupt die Straße, in welcher er einmal gewohnt hatte, wiederzufinden. Der Garten war nicht mehr derselbe. An der Stelle, an der der größte Pflaumenbaum gestanden hatte, stand nun eine Garage. Mitten in seinem schönen Garten. Auch die Beete waren nicht mehr dort, wo sie hingehörten, und alles war in einem mehr oder minder verwahrlosten Zustand. Die alten Bäume, die schon vor unzähligen Jahren dort angepflanzt worden waren, hätten dringend einen Schnitt gebraucht. Der Gehweg, der noch ein wenig unter dem Moos und Unkraut hervorschaute, hätte dringend wieder freigelegt werden müssen. Aber trotzdem war er dankbar, dass die Menschen, die heute in »seinem« Haus lebten und »seinen« Garten benutzten, ihn hereingebeten hatten und zudem auch noch äußerst freundlich waren.

Nun atmete er heftiger und begann zu schwitzen. Wir wussten nicht, was nun kommen würde. Würde er zusammenbrechen aufgrund dieser Flut von Erinnerungen, die bei einer belanglosen Tasse Tee frei wurden? Aber nein, das geschah nicht. Stattdessen sagte er, er hätte gerne die Suppenterrine mitgenommen, die alte vom guten Geschirr, die dort immer noch im Küchenbuffet stand. Aber das durfte er nicht fragen, sie hatte es ihm verboten. Wer »sie« gewesen ist, hätte uns brennend heiß interessiert, aber wir wollten seine Erzählung nicht unterbrechen, denn wir waren mittlerweile an seinem Leben interessiert.

Die Kanne Tee war nun leer und wir saßen immer noch zusammen und hörten dem alten Mann zu. Die Bedienung räumte indes den Tisch ab. Bei einem Blick durch die Fenster entschieden wir, noch eine weitere Kanne Tee mit fünf neuen Tassen zu bestellen, da das Wetter es noch nicht zulassen wollte, dass wir unseren Heimweg antraten. Mittlerweile hatte die Sonne sich hinter dicke Wolken verzogen und schwere Schneeflocken zierten den Himmel. Außerdem dämmerte es bereits, es war später Nachmittag geworden und da es im Winter bekanntlich früher dunkel wird, konnten wir die Menschen, die am Teehaus vorbeigingen, nur noch in Umrissen erkennen.

Schließlich brachte uns die Bedienung eine neue Kanne Tee und die frischen Tassen. Ein freudiges Aufblitzen war in den Augen des alten Mannes zu sehen und wir hörten ihn sagen: »Oh wie schön, ich habe schon lange keinen so guten Tee mehr getrunken!«

Es war wieder Schwarztee mit Zimtpflaumengeschmack. Ich brauche gar nicht weiter zu berichten, Sie können sich selber denken, was passierte, als unser Gast den ersten Schluck Tee nahm und welche Erzählungen folgten. Wir sind höfliche Menschen, Helga, Lotte, Hinnerk und ich. Daher können Sie sich denken, dass wir viel Geduld und etwas mehr Zeit als nötig aufgebracht und noch ein weiteres Mal den Erzählungen zugehört haben. Und zwar exakt so lange, bis seine Tochter Lisa in Begleitung ihres doch sehr lebendigen Ehemannes auf der Bildfläche erschien und sich ebenfalls an unseren Tisch setzte.

»Gott sei es gedankt!«

Unser Teegast erkannte seine Tochter und sie nahmen sich herzlich in die Arme. Mit einem »Was für ein Zufall, dass ich meine Tochter hier treffe« versuchte er uns ihr vorzustellen, was ihm auch glückte, denn er konnte sich noch gut an uns erinnern, aus früheren Zeiten. Er nahm an, uns vor Jahren das letzte Mal gesehen zu haben, und ließ seiner Freude freien Lauf, uns heute hier wiedergetroffen zu haben.

Als der alte Herr in Begleitung seiner Tochter und seines Schwiegersohns das Teehaus verließ, mussten wir zuerst einmal tief durchatmen, anschließend schworen wir uns lebenslange Freundschaft, egal, was kommen möge.

Unseren Teegast, er hieß übrigens Willi, wahrscheinlich Wilhelm, haben wir nie wieder auf unserer Insel gesehen. Wir wünschten uns jedoch, dass er immer einen geduldigen Zuhörer finden möge, egal, wo er sich aufhielt.

Eine Tasse Punsch

Es war der 24. Dezember, 17.30 Uhr. Schon seit sage und schreibe einer Stunde war es stockdunkel. Schneeflocken rieselten leicht vom Himmel, es roch sehr gut nach Winterluft. In den Straßen war es fast menschenleer. Nur Helga, Lotte und ich gingen untergehakt die Strandpromenade entlang. Wir waren auf dem Weg zu Hinnerk. Der Gute, er hatte uns zum diesjährigen Weihnachtsfest zum Essen eingeladen. Er sagte, er wolle etwas Leckeres zaubern. Wir drei Damen haben uns über diese Einladung sehr gefreut und waren nun voller Spannung auf die Kochkünste unseres »Seebären«. Zu diesem Anlass haben wir uns natürlich richtig in Schale geschmissen. Mit Bluse, Rock und allem Drum und Dran. Auch der Schmuck, der sonst an gewöhnlichen Tagen in der Schatulle bleibt, durfte heute einmal ans Tageslicht. Ich trug eine Brosche, eine Camee. Ich habe sie von meiner Großmutter geerbt und trage sie kaum. Aber heute passte sie perfekt zu meiner schlichten, perlmuttfarbenen Bluse. Auch Helga hatte sich schön geschmückt. Es war nicht zu übersehen, sie trug große tropfenförmige Bernsteinohrringe, welche sicherlich ebenfalls nur zu besonderen Anlässen ihren Platz im Schmuckkästchen verlassen. Ob Lotte ebenfalls Schmuck angelegt hatte, konnte ich noch nicht feststellen. Aber wenn sie sich erst einmal ihres langen braunen Wintermantels und ihrer Mohairmütze entledigt hatte, würde vielleicht etwas Glitzerndes zum Vorschein kommen. Ich konnte gar nicht genau sagen, ob Lotte überhaupt Schmuck besaß. Ich hatte noch nie Schmuck an ihr gesehen.

Wir hatten noch etwas Zeit. Um 18.00 Uhr sollten wir bei Hinnerk eintreffen. So »schnackten« wir noch ein wenig und bewegten uns langsam in Richtung der ältesten Inselstraße. Dort wohnte Hinnerk in einem roten, nicht allzu großen Backsteinhaus. Dieses Haus hatte schon viele Jahre auf dem »Buckel« und schon gute wie auch schlechte Zeiten auf der Insel miterleben müssen. Aber nicht doch, Hinnerk bewohnte nicht das ganze Haus. Nachdem wir geläutet hatten, ertönte ein Summgeräusch und wir konnten die Haustür öffnen, sodann mussten wir noch sechzehn Treppenstufen emporsteigen und nachdem wir mittels des Türklopfers in Form eines Ankers um Einlass gebeten hatten, öffnete uns Hinnerk in blitzblankem weißen Oberhemd und dunkelblauem Jackett. Fein herausgeputzt für diesen Anlass, wir waren begeistert und dem verliehen wir selbstverständlich Ausdruck, indem wir unseren lieben, guten Freund auf das Herzlichste begrüßten. Ganz gentlemanlike half er uns aus unseren Mänteln und geleitete uns in seine gute Stube. Hinnerk wohnte in einer kleinen Dachgeschosswohnung auf der linken Seite des Hauses. Sein kleines Domizil bestand aus einem wirklich sehr engen Flur, einer Stube mit Küchenecke, einem Schlafraum und selbstverständlich einem Raum für die äußerst menschlichen Bedürfnisse. Wenn ich es einmal in einer moderneren Ausdrucksweise beschreiben dürfte, dann würde ich jetzt sagen, er wohnte minimalistisch. Kein unnötiger Zierrat, nur die absolut lebensnotwendigen Utensilien fanden sich in seiner Wohnung wieder.

Die Glocken der Inselkirche zeigten uns an, dass es punktgenau 18.00 Uhr war. Wir saßen nicht gemütlich in einer Sitzecke, denn Hinnerk besaß keine gemütlichen Sitzgelegenheiten für mehr als eine Person. Lediglich ein einziger Sessel stand in der hinteren Ecke des Wohnzimmers, neben einer Stehlampe mit Fransen. Tannenduft durchzog den Raum, Hinnerk mag wohl ein wenig mit einem Tannenzweig »gepüstert« haben. Uns war höllisch warm, im Ofen knisterte es, als wären gerade frische Holzscheite aufgelegt worden. Übrigens war an Lotte kein Schmuck zu entdecken, was ihrem grazilen Erscheinungsbild jedoch keinen Abbruch tat. Vielleicht besitzt sie wirklich keinen, aber das war nun auch wirklich nebensächlich. Vor dem Fenster, das zur Straßenseite zeigt, stand ein Tannenbaum, höchstens einen Meter groß, auf einem kleinen viereckigen Tisch. Er war fein geschmückt mit bunten Kugeln, versilberten Tannenzapfen, Lametta und auf seiner Spitze prangte eine goldene Tannenbaumspitze. Mehr Weihnachtsdekoration gab es hier nicht, einmal abgesehen von dem festlich gedeckten Tisch in der Mitte des Zimmers. Der alte Eichentisch war aufgeputzt mit einer feinen weißen Tischdecke. Hinnerk bemerkte selbstverständlich, wie wir drei Frauen seinen Tisch in Augenschein nahmen, und sprach sofort an, dass dies seine einzige Tischdecke sei und er sie eigens für diesen Anlass noch einmal in die Reinigung gebracht habe, mit der Bitte, sie in einem absolut sauberen Zustand und gestärkt und gebügelt wiederzubekommen. Das haben wir natürlich bemerkt, denn diese Tischdecke hätte wohl auch ohne Tisch stehen können. Die Tischmitte zierte eine einzige rote, lange Kerze in einem kleinen Glaskerzenständer, einige Tannenzweige, Walnüsse, Haselnüsse und Mandarinen waren auf dem Tisch verteilt. Unser Gastgeber hatte sich wirklich Mühe gegeben, den Tisch einzudecken, braunes Steingutgeschirr, Silberbesteck und auf jedem Teller eine Stoffserviette in einem silbernen Serviettenring, welcher von einem ebenfalls silberfarbenen Fisch geziert wurde. Nachdem wir uns in der festlichen Weihnachtsstube umgesehen und unsere Anerkennung über diesen schönen Raum genügend zum Ausdruck gebracht hatten, setzten wir uns an den glanzvoll gedeckten Tisch. Ein schlichtes, langstieliges Glas mit einem prickeligen, rosafarbenen Sekt für jeden von uns wartete bereits darauf, in die Hand genommen und getrunken zu werden. Ganz achtsam blieb Hinnerk an seinem Platz stehen, brachte sein Glas durch einen kleinen Silberlöffel zum Klingen und nahm es zum Anstoßen würdevoll langsam in die Hand, schaute uns eine nach der anderen an und begann mit seiner Weihnachtsrede:

»Meine lieben Frauen!

Was für ein herrlicher Weihnachtsabend. Ich freue mich auch dieses Jahr wieder, ein ganzes Jahr mit euch verbracht zu haben, und natürlich vor allem darüber, dass wir uns noch guter Gesundheit erfreuen können. Bis auf einige Wehwehchen sind wir von ernsthaften Erkrankungen verschont geblieben, was ich bei mir zumindest auf den zeitweiligen Genuss unseres leckeren Inselschnapses zurückführen möchte. Schön, dass ihr heute hier seid, und ich muss schon sagen, ihr seht wirklich reizend aus. Ihr bringt meine kleine Hütte zum Strahlen. Erhebt bitte eure Gläser! Wir wollen anstoßen auf unsere Freundschaft und auf hoffentlich noch viele schöne gemeinsame Jahre. Wohl bekomm's!«

Andächtig hörten wir Hinnerk zu. Keiner von uns war es möglich, auch nur einen Ton von sich zu geben. Wir waren einfach zu gerührt von seinen schönen, liebevollen Worten. Aber Hinnerk erwartete anscheinend auch gar nicht, dass wir ihm etwas entgegneten. Nur mit einem einzigen Schluck trank er sein Getränk aus, als wäre ihm ein Stein vom Herzen gefallen. Mit einem tiefen Seufzer der Erleichterung schob er seinen Stuhl zur Seite, griff hinter sich, nahm eine Schürze von der Kommode, band sie sich um und meinte, er bereite jetzt den ersten Gang vor und es könne eine kleine Weile dauern, bis es so weit sei. Ein geschäftiges Hantieren, Klappern und Rühren war zu hören und natürlich auch zu sehen, da der Herd, an dem er sich zu schaffen machte, nur etwa drei bis vier Schritte vom Esstisch entfernt war. Nach einiger Zeit war es denn so weit und Hinnerk servierte als ersten Gang eine Kartoffelsuppe in kleinen Suppentassen mit Sahnehäubchen und ein wenig überstreutem Dill. Es gab auch noch ein Hauptgericht und eine Nachspeise. Als Hauptspeise kredenzte Hinnerk uns jeweils zwei Scheiben kräftiges Schwarzbrot, über und über bedeckt mit einem herrlichen Krabbenrührei, sowie als Nachspeise Rote Grütze mit Vanillesoße. Wir drei Frauen hatten uns unter Weihnachtsmenü etwas anderes vorgestellt, obwohl wir uns schon Gedanken gemacht hatten, seit wann Hinnerk denn nun ein begnadeter Koch geworden sein sollte und warum er dies nicht schon viel eher unter Beweis gestellt hatte. Wie dem auch sei, es schmeckte alles hervorragend, war wie gesagt nicht im Mindesten vergleichbar mit einem schönen Gänsebraten oder einem Ofenfisch, aber dennoch, wir waren zufrieden und Hinnerk war es auch. Er war glücklich und was macht es dann schon aus, dass wir später bei Benutzung des Küchenabfalleimers feststellten, was wir im Grunde schon geahnt hatten. Nämlich dass er bis auf das Rührei nichts von alldem selbst zubereitet hatte. Die Kartoffelsuppe kam aus einer Dose und auch die Rote Grütze mit der Vanillesoße war nicht selbst zubereitet. Wir verloren darüber kein Wort, denn was macht es schon aus? Hinnerk war glücklich und das war das Wichtigste.

Wir Damen schickten uns an, das Geschirr abzuwaschen, was jedoch energisch abgelehnt wurde mit den Worten: »Nee, nee, min Dirns!«

Dagegen hatten wir denn nichts einzuwenden und ließen Hinnerk in Seelenruhe den Tisch abdecken, sodass schlussendlich nur noch unsere Gläser und die festliche Dekoration darauf standen. Nun war der richtige Augenblick gekommen, Hinnerk hatte endlich seine Schürze abgenommen, war etwas zur Ruhe gekommen, sein Gesicht, welches durch die Anstrengung des Kochens und Bewirtens eine sehr rote, lebendige, etwas gehetzte Farbe angenommen hatte, war wieder abgekühlt. Nun sah er schon fast wieder aus wie immer, vielleicht nur etwas abgekämpft. Na, es ist ja auch kein leichtes Unterfangen, drei Frauen gleichzeitig mit gutem Essen zufriedenzustellen.

Der richtige Augenblick! Wofür? Für die Übergabe unseres Weihnachtsgeschenks an Hinnerk. Wir hatten zwar abgesprochen, dass niemand auch nur einen Gedanken daran verschwenden sollte zu überlegen, mit was wir uns gegenseitig beschenken könnten, noch etwa tatsächlich etwas zu kaufen. Hierzu hatten wir uns ein absolutes Verbot ausgesprochen, da wir alle es nicht für nötig hielten, uns darüber Gedanken zu machen. Wir alle waren uns im Klaren darüber, dass es Geschenk genug ist und war, dass wir in unserem hohen Alter noch auf der Welt herumspazieren dürfen und noch nicht ausschließlich Teile eines alten, ausrangierten Fotobuches sind und nur in den Erinnerungen existieren. Aber wie Frauen nun einmal so sind, je näher das Fest nun kam, sah die ganze Geschichte dann doch anders aus und wir legten ein wenig Erspartes zusammen, viel war es nicht, aber trotzdem. Von diesen drei Geldscheinen kauften wir eines Morgens in einem schönen Herrenbekleidungsgeschäft ein, in das Hinnerk niemals gehen würde. Dort kauften wir ihm einen schönen tiefblauen, weichen, warmen Schal, der aussah, als wäre er für Hinnerk gemacht worden. Nett eingepackt in ebenfalls blaues Papier, mit einem goldenen Band obenauf getüddelt, hatten wir dieses Geschenk heimlich, still und leise schon zu Beginn unseres Kommens unter den Weihnachtsbaum gelegt, auf das kleine, eckige Tischchen. Dort lag es und wartete darauf, geöffnet zu werden.

Nach unser Aufforderung, doch nun sein Geschenk unterm Baum hervorzuholen und zu öffnen, verfinsterte sich Hinnerks Gesicht vorerst, um dann in kürzester Zeit in ein Grinsen überzugehen, und es endete in glasigen Augen. Langsam ging er zum Baum, als hätte er lange kein Weihnachtsgeschenk mehr erhalten, nahm es vorsichtig an sich, setzte sich wieder an den Tisch, legte es vor sich auf ebendiesen und schaute es lediglich an. Weiter passierte nichts. Wir drei Frauen warteten ab, was geschehen würde und ob er das Päckchen denn nun öffnen wollte. Nichts von alledem geschah. Stattdessen holte Hinnerk eine Flasche klaren Schnaps, stellte sie mit einem kräftigen Ruck auf den Tisch und fragte, wer denn nun noch einen mittrinken möge. Wir Frauen trinken gewöhnlich keinen Schnaps; wenn es denn sein muss, dann und wann mal ein Likörchen, aber keinen Schnaps. Doch beim Blick in Hinnerks Gesicht war uns sofort klar, dass er es sich so wünschte, mit uns mit dieser durchsichtigen Flüssigkeit anzustoßen. Ich schaute Helga an, Helga schaute Lotte an und Lotte schaute mich an, da war klar, Hinnerk konnte noch drei weitere Gläser holen. Die Zimmertemperatur war mittlerweile fast unerträglich geworden. Angeblich frieren ältere Menschen immer ziemlich schnell. Aber niemand hatte gesagt, dass man aus Sympathie zu uns seine Wohnung in eine Sauna verwandeln sollte. Die echten Wachskerzen am Weihnachtsbaum bogen sich bei dieser Temperatur bereits verdächtig. Gott sei es gedankt, hatte unser guter Freund vergessen, sie anzuzünden, denn dann wäre der Baum sicherlich schon lichterloh in Flammen gestanden. Trotz alledem leuchtete der Baum in seiner ganzen Schönheit mittels einer elektrischen Lichterkette. Vielleicht waren die Wachskerzen auch bereits vom letzten oder vorletzten Jahr und wurden lediglich dieses Jahr wieder an die Zweige gesteckt. Das Päckchen lag immer noch auf dem Tisch und wartete darauf, geöffnet zu werden. Wir stießen mit einem klaren Gebräu in einem kleinen Gläschen an, was keiner Wiederholung bedurfte. Aber was tut man nicht alles, damit ein guter Freund am Weihnachtsabend glückstrahlend vor einem Geschenk sitzt? Nachdem er es vorsichtig geöffnet hatte, holte er tief Luft, seine Augen füllten sich mit Tränen und unser guter Freund war tief gerührt. Nicht etwa, dass ein Schal ein solch sensationelles Geschenk gewesen wäre, aber Hinnerk hob dieses Geschenk scheinbar voll aus den Socken. Sogleich band er sich den Schal um den Hals, eilte in sein Schlafzimmer und betrachtete sich. Selbstverständlich sind wir nicht hinterhergegangen, das gehört sich für Damen unseres Alters nicht.

Zurück am Esstisch bedankte sich Hinnerk überschwänglich bei uns, nahm jede von uns in den Arm und drückte uns, für meine Verhältnisse etwas zu fest. Mit einem Mal hielt er in der Bewegung des Lotte-Drückens inne, stand stocksteif da und meinte, er habe nun kein Geschenk für uns und das täte ihm so schrecklich leid, aber es sei ja so abgesprochen gewesen. Er habe sich nur an die Absprache gehalten und nun fühle er sich schon ein bisschen schlecht, dass er uns nicht auch in irgendeiner Form überrascht habe.

Mittlerweile war es bereits 22.00 Uhr und wir drei Frauen merkten an, dass wir nun nur noch eine gute halbe Stunde bleiben würden, da wir noch vorhatten, in die Christmesse zu gehen, welche um 23.30 Uhr in der Inselkirche stattfand. Nachdenklich stützte Hinnerk seinen Kopf auf den Tisch und überlegte, bis er uns dann mit fester Stimme mitteilte, dass er uns begleiten würde auf unserem Kirchgang. Wir wussten, dass er aus freien Stücken niemals in die Christmesse gehen werde, aber er bezeichnete dies als sein Weihnachtsgeschenk für uns. Das war sehr überraschend, aber wir freuten uns inständig. Ob wir natürlich tatsächlich zur rechten Zeit mit Hinnerk die Wohnung in Richtung Kirche verlassen konnten, diese Frage stellten wir uns ernsthaft, als unser lieber Gastgeber sich abermals an einem großen Kochtopf zu schaffen machte und uns mitteilte, es gebe nun doch gleich noch einen Weihnachtspunsch. Dann werde uns warm ums Herz und wir bekämen in der kalten Kirche auch keine kalten Füße. Selbstverständlich haben wir auch noch den Teepunsch mit Hinnerk getrunken, aus wunderbaren Teegläsern, mit vergoldeten Henkeln, goldenen langen Löffeln und goldfarbenen Untersetzern, auf welche Hinnerk besonders stolz war. Der Punsch war heiß, dunkelrot, fruchtig und süß, mit einem herben Nachgeschmack nach starkem schwarzen Tee, Südfrüchten mit einer kleinen Note Zimt und wir meinten, ein wenig Rum herauszuschmecken. Auf jeden Fall ging es uns nach dem Genuss dieses köstlichen Tranks wirklich ausgezeichnet. Ich kann nicht sagen, dass einer von uns an diesem Abend noch gefroren habe.

Gemeinsam gingen wir in stiller Vertrautheit durch die kalte Winternacht, die uns nunmehr überhaupt nichts mehr anhaben konnte. Nach dem Besuch der Weihnachtsmesse begleitete Hinnerk eine jede von uns bis vor die Haustüre, hielt diese noch auf, bis das Licht im Innenflur anging und Lotte, Helga und zum Schluss auch ich in der jeweiligen Wohnung verschwunden waren. Er wird dann nach Hause gegangen sein, hat hoffentlich noch ein wenig die gute Nachtluft genossen, seine Wohnung nach einiger Zeit erreicht, vielleicht hat er sich den Punsch noch einmal aufgewärmt und den Abend Revue passieren lassen. Ich glaube, wenn wir drei Frauen noch einmal die Wahl hätten, wo wir unseren Weihnachtsabend verbringen könnten, dann würde diese Wahl wieder auf Hinnerk fallen. Denn sein Weihnachtsmenü war einfach ausgezeichnet und der Punsch war wiederholungsbedürftig. Aber es sind ja nur noch zwölf Monate, dann ist es wieder so weit, dann ist Weihnachten und wieder Zeit für einen Weihnachtspunsch.

Ein Wort danach

*„Ein jegliches hat seine Zeit
und alles Vorhaben unter dem Himmel
hat seine Stunde."*

(Prediger Salomo 3,1)

~

„Jede Zeit hat ihren Tee."

(Johanna Ritter)

INHALT

Johanna Ritter erblickte 1970 in Neustadt am Rübenberge das Licht der Welt. Bücher, Geschichten und Meer gehören zu ihr wie das Salz in der Suppe.
Nach langjähriger Tätigkeit als Büroangestellte ist sie seit 2012 als Gästeführerin im Tourismus beschäftigt. Sie lebt mit ihrem Ehemann und den zwei Töchtern in einem idyllischen Ort in der Region Hannover.